LA CLAQUE

Nicolas Robin

LA CLAQUE

Éditions Anne Carrière

Du même auteur

Roland est mort, éditions Anne Carrière, 2016 ; Le Livre de Poche 2017

Je ne sais pas dire je t'aime, éditions Anne Carrière, 2017 ; Le Livre de Poche 2018

Une folie passagère, éditions Anne Carrière, 2019 ; Le Livre de Poche 2020

ISBN : 978-2-3808-2164-2

www.anne-carriere.fr

« Regarde ces hématomes
Tu vois, j't'ai dans la peau
Et ce mercurochrome
Dessine ton drapeau. »

Renan Luce, « Chien mouillé »

1

Le jour où j'ai fait rétrécir ton pull en cachemire, tu m'as giflé.

Je croyais bien faire en programmant une lessive, j'ignorais que le textile ne survivrait pas à quarante degrés. Tu le tenais délicatement, comme un petit chat mort. On aurait dit la fin du monde. Je t'ai promis de t'en offrir un autre, tout rose, tout doux, le même à s'y méprendre. Tu ne l'entendais pas ainsi, prête à en découdre avec moi, tu m'as passé un savon dans la salle de bains : je n'étais qu'un tire-au-flanc, un égoïste qui ne comprenait pas qu'une responsable marketing croulait sous le travail, qu'elle ne pouvait pas tout gérer à la maison. Le ménage, la lessive, le gosse. Un peu de soutien ne serait pas du luxe. Je t'ai priée de baisser ce doigt accusateur et de ne pas monter sur tes grands chevaux. En réponse, ta main s'est abattue sur ma joue avec un bruit sec. Je me suis retrouvé un peu sonné, la mine déconfite devant la machine à laver, surpris de réaliser à quel point tu tenais à ce pull.

— Non mais t'es conne ou quoi !

Voilà la première chose qui m'est venue à l'esprit. Quand on gifle une personne, c'est qu'il y a un sérieux problème. Je ne t'ai pas piqué d'argent, je n'ai pas tué ta mère, alors pourquoi cette baffe ? Tu gardais le silence, en me fixant de tes yeux verts identiques à deux émeraudes. Un démon avait pris possession de toi et je le regardais en face. Le souci avec le démon, c'est qu'il ne baisse jamais les yeux le premier.

— Qu'est-ce qui te prend, Marylène ? C'est juste un pull.

La stupéfaction m'a figé sur place. Tu en as profité pour me fouetter le visage avec le linge mouillé. Mes avant-bras m'ont servi de bouclier. D'un seul revers, j'aurais pu te projeter contre le lavabo ou la cabine de douche. Vu ma taille et mon poids, tu t'en serais sortie avec une épaule déboîtée. Dehors, il faisait beau, les hirondelles étaient de retour, j'ai préféré calmer le jeu.

— Arrête, Marylène ! Arrête !

Plus je criais ton prénom, plus ça t'excitait. En l'espace d'une seconde, tu étais passée de femme désirable à mère fouettarde. Et il fallait que j'encaisse. Il fallait que je paie cher pour tous les idiots qui ne prennent pas soin du linge délicat, les paresseux, les roublards, les hommes qui se reposent trop sur leur femme. Ce n'était pas un mouvement de libération, mais un cri de vengeance. À mon grand soulagement, tu t'es épuisée toute seule à force de t'énerver. J'ai baissé la garde après quelques secondes de répit, ne comprenant pas ce qui s'était passé. Une déclaration de guerre sur un tapis de bain. J'ai mis cette saute d'humeur sur le compte de la pression au travail ou de la grisaille parisienne et des nuages trop bas. Il y a des semaines plus plaisantes que d'autres, mais là, ma chérie, tu dépassais les bornes. Tu es sortie faire un tour, en emportant ton paquet de cigarettes et un roman dans ton sac à main. Je suis resté tout l'après-midi sous le coup de l'incompréhension, car j'avais la conviction qu'il y avait plus grave dans la vie qu'un pull rétréci.

Antonin est sorti de sa chambre et m'a rejoint sur le canapé. J'étais complètement hébété, les épaules en dedans. Il m'a demandé : « Elle est où maman ? » Je n'ai pas osé lui répondre que tu t'étais transformée en sorcière de Walt Disney, celle qui a des éclairs dans les yeux et un fume-cigarette. Il m'a pris par la main pour jouer au train électrique. Je lui ai montré comment modérer la vitesse et éviter les dérapages. J'essayais d'être un bon père, à défaut de savoir programmer une machine à laver. Il m'a emmené dans son univers enfantin, même si mon esprit était hanté par ta gifle. À quel moment sommes-nous partis en vrille ?

Nous formions un joli couple, deux trentenaires, socialement intégrés, sans problème d'argent ni d'addiction quelconque. On ne mangeait pas de champignons hallucinogènes et, dans la mesure du possible, on restait bio. Nous avions un enfant éveillé, un compte épargne logement, deux prénoms scindés que nos amis interpellaient dans les soirées : « Oh ! Revoilà Marylène-et-Jean-Mi ! » L'alliance d'une responsable marketing et d'un agent immobilier, les lettres gravées dans la pierre, nobles et solides. Nous étions unis face à l'adversité, comme ces figurants des catalogues Ikea qui montent des meubles de cuisine avec tiroirs coulissants. Et d'un geste malencontreux, tu as rompu le charme et la synergie. Combien de gifles sont nécessaires pour qu'un homme participe aux tâches ménagères ? Quitte à faire rétrécir un pull en cachemire.

Quand tu es revenue en fin de journée, l'appartement était rangé, le linge sec et plié. Antonin et moi, on jouait aux 7 Familles. Regarde-nous, Marylène, on en forme une grandiose tous les trois. Le bonheur se cultive comme il se détruit, alors ne viens pas tout gâcher. Je n'osais pas lever les yeux ni te parler, occupé à demander le grand-père dans la famille Écolo, puis à piocher une carte. Tu as caressé les cheveux de ton fils et tu t'es assise avec nous. Je lisais du regret dans tes yeux rougis. Tu avais dû pleurer dans l'arrière-salle d'un café, dissimulée derrière la couverture du dernier Goncourt. Le démon avait tiré sa révérence. Alors je t'ai serrée dans mes bras et nous nous sommes embrassés devant le petit. On lui montrait que papa et maman allaient bien. C'était un baiser langoureux à la saveur amère, empreint de sensualité et de larmes sèches. Tu m'as dit combien tu étais désolée pour la gifle, et je t'ai redemandé pardon. Pardon pour le pull.

Tu as toujours été d'une nature fougueuse. C'est ce qui m'avait séduit chez toi en premier. On ne voit jamais qu'un seul versant de la colline et je m'étais retrouvé face au plus lumineux. L'aspect sombre m'est apparu après, quand sont venus les premiers reproches et les pointes de jalousie. Je me suis inquiété lorsque je t'ai reparlé de cette gifle et que tu n'en avais aucun souvenir. Tu minimisais les faits, car dans un couple il faut bien s'expliquer pour rééquilibrer les choses. Or c'était au-delà des mots. La violence s'était immiscée pour une cause dérisoire. Une fissure qui devenait un gouffre d'où s'élevait de la lave en fusion.

Ce n'était qu'une claque, disais-tu en me caressant la joue.

2

Marylène, tu me fais be-bop dans la tête, be-bop dans le cœur, comme dit la chanson, et vlan sur la joue.

Marylène, tu n'es pas Marilyn. Tu n'as ni la candeur ni les formes pulpeuses de la star hollywoodienne. Tu as pourtant cette grâce particulière, un mélange de froideur et de fantaisie. C'est ce qui m'a charmé la première fois que je t'ai vue, un soir d'été.

Je t'avais repérée dans un club de salsa où tu t'ennuyais autant que moi. Tes collègues t'avaient embarquée de force dans ce lieu de drague pour rencontrer des mecs et briser les chaînes du célibat, tandis que je fêtais l'anniversaire d'un copain du rugby. La joie de vivre devait envahir les corps, le cerveau déclencher l'hormone du bonheur. *¡ Un, dos, tres ! Baila !* Tu étais la seule à ne pas transpirer, à trouver la musique pénible, à taper du pied près du ventilateur. Tu ne remarquais pas mon regard empli de questions : Comment s'appelle cette femme ? S'endort-elle contre un homme le soir ? Combien de temps met-elle à s'habiller le matin ? Aime-t-elle le chant des baleines ? Que fera-t-elle le 15 août ?

Ni vu ni connu, tu t'es faufilée vers le bar pour commander un mojito, la solution de repli quand on veut éviter la piste surchauffée et les aisselles en sueur. Tu portais une robe à fines bretelles aux motifs de feuilles de palmier. Élégante et tropicale. Je n'ai pas osé t'aborder.

La soirée avait mal démarré puisque j'avais invité une fille à danser, en précisant que mes performances en salsa ne dépassaient pas le niveau débutant. Après que je lui eus marché sur les pieds à plusieurs reprises, elle avait préféré se tourner vers un expert du déhanché qui aimait exténuer ses partenaires d'un air triomphant. Je me suis trémoussé tout seul dans un coin, en gardant une once de fierté, avant de prendre le même chemin que toi. J'ai chaloupé dans ta direction, en cherchant une phrase d'accroche que tu n'oublierais jamais, une parenthèse romantique, ce moment fatidique destiné à te faire chavirer. Cependant, rien de transcendant n'est sorti de ma bouche.

— Pardon, madame, cette chaise est libre ?

— Marylène ! C'est mieux que madame.

— Vous n'avez pas l'air emballée par la fiesta ?

— Ça pue le graillon et la sueur, c'est horrible !

J'ai tourné la tête sur le côté, afin de vérifier sous mon bras que mon déodorant ne m'avait pas lâché. Tu refroidissais ton front au contact d'un verre glacé. Les présentations étaient faites, la première tournée de mojito fut pour toi. Tu disais que c'était le monde moderne, celui où l'esprit chevaleresque était démodé, où les femmes indépendantes invitaient les hommes. Tu étais pétillante et indocile, réfractaire à ce lieu endiablé. Je t'aimais déjà.

On faisait connaissance au son des congas. Mon prénom t'intriguait car Jean-Michel n'était pas au goût du jour pour notre génération. La mode était aux Maxime, Florian ou Tom-Eliott. J'ai avoué avoir vécu une adolescence difficile, dans l'ombre des copains qui avaient la garantie du prénom en vogue et la cool attitude sur leur skate-board. Le mien est le fruit de l'hérédité : Jean comme mon père et Michel comme mon grand-père. Tout le monde n'a pas la chance de porter sur ses épaules les hommes de la famille, des militaires disciplinés et courageux, irascibles et sourcilleux, très à cheval sur les principes. Un lourd fardeau. J'ai un prénom de vieux parce que je suis un gosse de vieux. Mon père avait cinquante ans à ma naissance, ma mère presque quarante. Ils s'étaient rencontrés à la caserne militaire où elle était infirmière et lui adjudant-chef. Elle l'avait soigné pour une brûlure à la main, il lui avait passé la bague au doigt. De cette union étaient nés Jean-Bernard et Jean-Luc, puis moi, dix ans plus tard.

— En effet, tu n'es pas le plus à plaindre. En ce qui concerne tes frères, c'est pire !

— Et toi, pourquoi Marylène ?

— Parce que ma mère était fan des Martin Circus. C'était ça ou Vanina. Tu comprends, elle avait aussi le béguin pour Dave.

On a décortiqué la psychologie des parents qui choisissaient un prénom en fonction du hit-parade. On a trinqué à la santé des Roxanne, Aline ou Belinda, et à toi, Marylène, qui sauvais ma soirée. Tu me trouvais charmant, humble, le genre d'homme qui n'en fait pas des caisses pour séduire une femme, et tu te foutais de mon niveau en salsa. Moi, j'étais intimidé par ton buste de sphinge, droit sur la chaise, et tes yeux verts qui me mettaient à nu. Saturée par le chahut ambiant, le boucan des timbales et les effluves de poulet frit, tu as orchestré la suite de la soirée :

— Viens, Jean-Mi, on change d'air !

Nous nous sommes éclipsés vers la sortie, laissant nos amis se tortiller en rythme sur la piste. Mes copains du rugby n'avaient pas besoin de moi pour se saouler au rhum.

Dehors, la canicule créait un esprit festif sur la place de la République. On a parlé du charme de Paris en été, du marché de l'immobilier qui explosait, mais aussi de ton parcours, comment tu étais devenue responsable marketing dans une maison d'édition, de tes ambitions en général. J'ai cherché un truc intelligent à dire mais, encore une fois, j'ai dérapé en sortant une phrase naïve :

— Tes parents doivent être fiers de toi.

Et tu m'as répondu du tac au tac :

— Je ne sais pas. Ils sont morts.

J'ai cru à une mauvaise blague, tant le ton de ta voix était détaché. « Mes parents sont morts » est une phrase que tu as souvent répétée à la Sécu, aux collègues, aux rugbymen gaffeurs qui te font les yeux doux. Tu avais fait ton deuil depuis des années, même si, à vingt ans, on est trop jeune pour se remettre d'une telle perte. On s'effondre et on continue comme on peut. Tu m'as relaté le soir du drame, le coup de fil glaçant du gendarme, l'obligation de te retrousser les manches et d'organiser les obsèques. Devant la statue du lion en bronze, tu t'es arrêtée de parler, émue par cette confidence à un homme que tu connaissais à peine. Tu n'aspirais qu'à danser un slow et que l'on te caresse le dos. Je me suis glissé dans les interstices de ta fragilité, serré contre toi, malgré la chaleur et nos corps moites. Sous la pleine lune, je t'ai volé un baiser. Nos bouches avaient le goût du rhum, du citron vert et des feuilles de menthe. En te prenant par la main, j'ai remarqué le tatouage d'un glaive sur ton poignet. Je l'ai humé pour ressentir ton odeur de femme. Tu avais la force d'une lame, d'une épée de combat à double tranchant. J'avais envie de mieux te connaître. J'avais envie de toi, Marylène.

Ce soir-là, nous étions rentrés chacun de notre côté. Tu étais montée dans un taxi en promettant de m'appeler. J'étais reparti à pied, avec du mojito dans le sang et le cœur en ébullition. C'était un instant d'euphorie : notre rencontre baptisée au rhum dans la fournaise de « Paris Latino ».

3

Sur l'esplanade de la Défense, je pousse un soupir de ras-le-bol. Il est 9 heures du matin et les travailleurs s'engouffrent dans les buildings du quartier d'affaires. Tout est asphalte, métal, verre. J'ai le vertige au cœur de cette fourmilière. Les journées d'hiver incitent à l'évasion vers des pays où les toucans chantent au sommet des arbres. Mon champ de vision offre peu de place aux rêves et me rappelle qu'elles sont loin, les îles paradisiaques.

Tous les jours démarrent par le même rituel. Sitôt arrivé à l'agence, je bois un café allongé en surfant trente minutes sur Internet. Revue de presse, messagerie, newsletters, puis je fais un tour sur Facebook pour mater les photos de pieds des chanceux qui flemmardent sur un transat à Punta Cana. Ensuite seulement, je me penche sur les futures transactions immobilières. L'enjeu est d'amadouer de nouveaux clients. Au téléphone, je propose ma fine expertise à des particuliers dont les offres de vente pullulent sur des sites de logement. Je leur assure une transaction sécurisée et démontre le bien-fondé de m'embaucher. Certains me raccrochent au nez, d'autres restent méfiants, mais, d'une voix chaleureuse et pleine d'assurance, j'arrive à les convaincre de m'accorder un rendez-vous. En fin de matinée, mon agenda se remplit et ne laisse aucune place à l'oisiveté, à la dégustation de fruits tropicaux, à l'exploration des lagons bleus.

La nouvelle stagiaire m'apporte les dossiers des services d'assainissement. On lui a confié le sale boulot administratif, une façon de débuter dans le métier, ça forge le caractère. Elle me tourne autour, me demande des conseils et saisit l'occasion pour m'avouer qu'elle adore mon eau de toilette. « Merci, je lui réponds, c'est un cadeau de ma femme. » Elle affirme que tu as le talent de sublimer la part de mystère et de masculinité des hommes. Le temps s'arrête dans l'open space. Je repense à Noël dernier, à la joie d'Antonin devant les boules du sapin, à la délicatesse de tes bras quand tu l'étreins, au ruban doré mêlé à tes cheveux, et à mon envie de vous filmer en super-8. Des souvenirs comme tant d'autres, des bulles de bonheur qui s'envolent et emportent la tendresse, les dimanches énamourés, nos espoirs langoureux. Sur cet instant onirique, mon manager pointe le bout de son nez, à défaut d'autre chose.

— Toujours aussi beau, mon Jean-Mi !

Si Édouard n'était pas un hétéro pur et dur, s'il ne me racontait pas ses prouesses sexuelles dans les clubs échangistes, je pourrais croire qu'il est amoureux de moi.

— Cette barbe de trois jours te donne le charisme d'un dur à cuire, c'est parfait pour une négo !

Il m'a fallu décrocher un master de droit immobilier, changer trois fois d'agence entre Paris et Nanterre, pour atterrir sur l'esplanade de la Défense et faire équipe avec ce sexagénaire lubrique qui porte dignement la lavallière. « L'élégance, mon p'tit Jean-Mi, l'élégance. » Il insiste sur le pouvoir de la veste à deux boutons qui se referme sans problème. Depuis mon arrivée dans l'agence, il me répète que l'apparence est primordiale car elle est un gage de sérieux et de succès. Aussi, bien que cette barbe de trois jours paraisse un peu négligée, elle me confère une allure de négociateur farouche qui n'est pas là pour rigoler.

— T'es costaud, trapu mais bien bâti, t'envoies du rêve !

Édouard sent un peu le cigare et le whisky à cette heure de la journée, et je ne peux m'empêcher de remarquer la dilatation des vaisseaux sur son nez. Il est gagné par la couperose mais sa veste à deux boutons se referme encore, donc tout va pour le mieux dans le meilleur des mondes. Mon manager gère quatre agences d'une main de fer dans un gant de velours, au point que chaque négociateur lui obéit aveuglément. En une phrase cinglante, il peut déclarer une guerre ou signer un accord de paix. C'est ainsi parce qu'il l'a décidé. Lorsqu'il me tape sur l'épaule dans un geste paternel, je comprends qu'il me recommande auprès de la direction pour lui succéder à la tête de l'agence.

— Mon p'tit Jean-Mi, je fais de toi mon cheval de course !

Et quand il lustre ce sentiment de confiance placé en moi, je me défonce pour vendre à tout prix et rester le meilleur espoir masculin de l'immobilier. J'inspire, je bombe le torse. Édouard pose son fessier de manager sur mon bureau et se claque la cuisse du plat de la main en me rappelant ses bons conseils :

— Vise les divorces ! Pour chaque mariage brisé, il y a trois appartements en jeu : celui que le couple vend et les deux qu'ils vont chercher pour se reloger.

Sans foi ni loi, mon manager réclame des tonnes et des tonnes de fric. Je connais très bien ses méthodes pour les avoir appliquées pendant des années. Elles sont abusives mais efficaces. Lorsque j'étais célibataire, j'obtenais des noms de divorcés grâce à une copine avocate, accessoirement plan cul régulier, qui me filait leurs e-mails sur l'oreiller. On se retrouvait à l'afterwork pour échanger nos points de vue sur le monde avant de terminer la soirée au lit. Nous n'étions pas d'accord sur la libre circulation des trottinettes, mais à poil, on s'entendait à merveille. C'était la belle époque du sexe facile et du chiffre d'affaires incomparable. Elle confiait ma carte pro à ses clients qui faisaient fructifier mon portefeuille. Les temps sont durs depuis que je t'ai rencontrée, Marylène. Je suis devenu un homme fidèle. Édouard me le rappelle sans arrêt.

— Ah, mon p'tit Jean-Mi ! Quelle connerie tu as faite de te caser…

Derrière mon épaule, il se laisse distraire par une apparition féminine en chignon tressé et robe moulante à manches courtes. Elle virevolte dans l'open space, juchée sur des escarpins rouges, les bras chargés de dossiers.

— Dis-moi, qu'est-ce que tu penses de la nouvelle stagiaire ?

Sa question n'attend aucune réponse de ma part. D'un coup de langue, il humidifie ses lèvres et enchaîne :

— Elle a un beau p'tit derche. Je lui mettrais bien une cartouche.

Il la reluque en tripotant une pilule de Viagra au fond de sa poche. Il en garde toujours une sur lui, on ne sait jamais, en cas de rencontre inattendue. L'autre jour, dans son bureau, il m'a raconté comment il avait retourné une déléguée interministérielle au logement sur la banquette d'un club échangiste. La lumière orangée, les cris entre les cloisons, le passage du missionnaire à la levrette, il ne lésinait pas sur les détails. « Le monde entier est gouverné par le fric et le cul », répétait-il en arrangeant le pli de sa lavallière. Édouard s'éclate grâce à un médicament qui répare les troubles de l'érection, mais quand il rentre chez lui, le soir, personne ne l'attend. Il se fait livrer des sushis et les mange seul devant la télévision. La vie de famille n'a jamais été le cœur de ses préoccupations. Il dit que j'aurais pu être son fils, que je lui ressemble tellement quand il avait mon âge.

Je ne sais pas comment je dois le prendre.

4

J'enfourne un plat de tomates farcies. Un peu d'audace et de confiance dans mes talents culinaires, même si tu tardes à rentrer, même si tu ne daignes répondre ni à mes appels ni à mon texto : *À quelle heure tu rentres chérie ?* À cette question, on donne généralement un horaire approximatif. On réagit à l'interrogation de l'autre, on le rassure, on ne l'abandonne pas devant un plat en pyrex. Je n'aime pas te savoir sur les trottoirs verglacés par ces temps brumeux. Il t'arrive d'être retenue à la maison d'édition, mais ce silence radio n'est pas dans tes habitudes. Un attentat à Paris est si vite arrivé, une manif qui a mal tourné, un accident de la circulation imputable à un chauffeur de bus épileptique. Dans la cuisine, la spirale de l'angoisse creuse son sillon tandis qu'Antonin me tire de mes réflexions.

— J'ai bon ?

— De quoi ?

— Six plus quatre, ça fait dix.

— Ah oui… Bravo, bonhomme !

Certains parents menacent leur enfant si les devoirs ne sont pas faits à temps ; moi, je crains qu'il en fasse trop. Après avoir englouti des coquillettes au fromage, il s'amuse à faire des additions. Il compte sur ses doigts tandis que je l'observe avec une certaine nostalgie. Hier encore, on jouait aux cubes, on apprenait à faire une boucle à ses lacets. Ce soir, je le prépare à math sup. Demain, on l'emmène à la NASA.

— Quand tu sauras faire tous ces calculs, tu deviendras astronaute, et on t'enverra sur Mars.

— Dans une fusée ?

— Oui ! Tu ne comptes pas y aller en trottinette ?

Il est bouche bée sur sa chaise, scotché à mes paroles. J'aime provoquer chez lui cet état d'émerveillement. Des étoiles filantes traversent ses pupilles, et au-delà des astres s'ouvre un espace dédié aux rêves. Dans son pyjama en pilou, il s'imagine en orbite autour de la galaxie, empruntant les chemins inexplorés de la Voie lactée. Et soudain, le cosmos est déchiré par le cliquetis de la serrure. « Maman ! » s'écrie le petit en sautant de sa chaise pour courir vers toi. Je m'essuie les mains au torchon, en vérifiant qu'aucune miette ne traîne sur la table, et j'allume une bougie aux effluves de jasmin. Tu es majestueuse dans ta robe en mohair à col roulé, tes bottines en cuir jetées dans un coin de l'entrée.

— Maman ! J'vais aller sur Mars !

— C'est génial, mon poussin ! Passe ton bac d'abord !

Tu tournoies avec lui dans la cuisine, euphorique, légère. Je n'ose pas te mettre sur la sellette dès ton arrivée ni te demander pourquoi tu n'as pas répondu à mes appels. Tu m'embrasses au vol et me questionnes sur ma journée, alors j'épouse les mouvements de ton bassin et me cale à ton rythme. Nous nous balançons d'un côté puis de l'autre dans une cadence insouciante et romanesque. Tes cheveux sont relevés, retenus par une barrette, et ceux qui s'en détachent me chatouillent le nez. Mes lèvres effleurent ta nuque sur laquelle je retarde un baiser. Et nous dansons tous les trois dans la cuisine, au grand bonheur d'Antonin. Nous devrions danser ensemble tous les soirs, ne serait-ce que pour entendre son rire d'enfant. Nous devrions danser jusqu'au bout de la nuit.

Dès que je tape des mains, Antonin sait qu'il est l'heure des dents, pipi et au lit ! Il ne ronchonne pas et disparaît au fond du couloir. Ce soir, c'est à ton tour de lui lire une histoire. Tu bois un grand verre d'eau pétillante, esquivant l'interrogation dans mon regard. J'ai des tomates farcies au four et toujours une question en tête.

— Dis-moi… pourquoi tu n'as pas répondu à mon texto ?

— Ah, désolée… je ne l'ai pas vu.

— Je t'ai aussi téléphoné.

— Ah bon ? Je n'ai pas eu une minute à moi.

Tu me balances de plates excuses pour te faire pardonner, et je dois comprendre qu'une éditrice t'a accaparée dans son bureau, qu'un auteur t'a harcelée pour avoir son portrait affiché sur les bus, que le PowerPoint a déconné lors de la présentation aux commerciaux. Cependant, tu aurais pu me faire signe, ne serait-ce que pour m'aider à gérer la cuisson des tomates farcies. Tu me remercies d'avoir pris les commandes en cuisine mais tu n'as pas vraiment faim. La maison d'édition t'a retenue en réunion, s'ensuivirent des mondanités que tu ne pouvais pas décliner. Tu es celle qui définit la stratégie pour assurer la promotion des romans et construire la notoriété des auteurs. Tu analyses les nouveaux concepts, tu entrevois les tendances porteuses. Une responsable marketing n'est pas une bouffonne, c'est un chef d'orchestre qui balance des mots-clés et donne des ordres. J'opine du chef en me servant un verre de vin rouge. Et, comme par hasard, ta charge de travail a revêtu forme humaine, celle d'un homme dont tu apprécies la compagnie, un auteur aux millions d'exemplaires vendus. Tu répètes son nom comme s'il était le Graal.

— Max Kellerman draine des lecteurs à travers le monde entier. Il est traduit en dix-sept langues. J'ai de grandes idées pour promouvoir son nouveau roman. Regarde son compte Instagram ! Il est très orienté écoresponsable. Là, Max Kellerman ramasse du plastique sur la plage. Je t'ai dit qu'il siégeait au conseil municipal de La Baule-les-Pins ? Max Kellerman, c'est une force tranquille. Et son labrador, tu as vu comme il est beau ?

Après un bref silence, tu te contentes de son prénom.

— Il n'est pas très bavard, Max, mais quand il parle, il est fascinant.

Tu as l'air transportée dans une forêt de conifères, lovée contre ce quinquagénaire au teint mat et aux cheveux poivre et sel qui entretient sa forme en courant torse nu. Alors, pour te ramener chez nous à la Porte de Saint-Ouen, je t'annonce avec fierté le menu du soir :

— J'ai préparé des tomates farcies !

— C'est gentil mais j'ai mangé des petits fours avec Max.

Encore lui. Des millions de lectrices sont conquises. Toi également. Et tu n'es pas seulement sensible à sa prose. Tu as l'air émoustillée chaque fois qu'il passe à la maison d'édition. Avez-vous entrelacé vos doigts devant une coupe de champagne ? Rougis-tu lorsqu'il te remercie de cet excellent travail de communication ? Est-ce qu'il t'a baisée dans les chiottes d'un restaurant ? Si tu ne m'expliques pas ta non-réponse à mon texto, alors j'en tirerai mes propres conclusions.

— Tu aurais pu me prévenir que tu ne rentrais pas dîner !

— Je te l'ai dit hier.

— Non !

— Mais si !

— Je t'assure que non.

— À quoi ça sert d'en parler, tu ne m'écoutes jamais !

On se chamaille dans un ping-pong d'affirmations où chacun est persuadé d'avoir raison. Tu n'es pas capable de comprendre que je me suis inquiété. Les trottoirs sont givrés, les gens sont cinglés. À Paris, si on ne glisse pas en sortant du métro, on se prend un couteau dans le dos. Qu'est-ce qui t'empêchait de me répondre au téléphone ? Tu avais les mains trop occupées avec ton auteur de bluettes ?

— Et quelle idée de préparer des tomates farcies ! Elles ne poussent pas en hiver, alors elles viennent d'où ? Cultivées sous serre ? Importées par avion ? Bonjour le désastre écologique !

Encore une fois, je voulais t'épater, et je me retrouve comme un idiot en tablier de cuisine. La fonte de la banquise s'accélère parce que je n'ai pas boycotté la consommation de tomates en cette saison. Pardon la calotte glaciaire. Pardon les ours polaires. Et depuis sa chambre, Antonin te réclame avec son livre d'histoires.

Voilà une bonne excuse pour te défiler et couper court à la discussion. Je te rattrape par le bras d'une poigne solide. Tu ne comptes pas te dérober aussi vite ? Je veux une réponse à ma question : pourquoi ce silence ?

— Lâche-moi !

Tu grinces des dents, en me lançant un regard noir charbon. Tu te libères d'un coup sec et, dans le même mouvement, tu me flanques une gifle. Automatique. Brusque. J'ai senti le choc de ta bague en or comme une piqûre de guêpe sur la joue. J'ai le tort de crier :

— Putain ! T'es folle ou quoi ?

Tes yeux cernés me rappellent ceux d'un reptile en chasse sur un terrain plat. Je comprends que je vais mordre la poussière.

— Qu'est-ce que tu as dit ? Tu m'as traitée de folle, je ne me trompe pas ?

— Non mais tu pètes les plombs, Marylène.

— J'ai passé une dure journée et toi tu viens m'emmerder pour un texto !

Sans ultimatum, tu me colles une seconde baffe. Et ça craque dans l'oreille, ça siffle, ça crépite. Je te pousse contre la bibliothèque, les livres s'ébranlent, et tu me jettes un roman de Beigbeder à la gueule, *L'amour dure trois ans*. La dernière fois, c'était une avant-première, dès lors tu confirmes que je suis une tête à claques. D'un revers de la main, je menace de t'en foutre une, mais je reste planté là, à me demander pourquoi on en arrive à se menacer. Pourquoi ce besoin de me taper à coups de main ou de livre ? Combien de cafés tu as bus aujourd'hui ? Quelle drogue a glissée Max Kellerman dans ta coupe de champagne ?

Depuis sa chambre, Antonin te réclame encore :

— Maman, tu viens ?

— J'arrive, mon poussin.

Je reste muet de stupeur en observant ta beauté froide s'évanouir au fond du couloir. Tu es la reine du marketing et il faudrait s'agenouiller devant toi, éviter la moindre contrariété, oublier tes retards et ne jamais te défier du regard. J'ai l'impression d'être un jambon faisandé, suspendu au crochet de ton dédain. Ces dernières années défilent, agrémentées de choix de meubles scandinaves, de fous rires devant un ami qui ne sait pas raconter les blagues, de shots de tequila avec une pincée de sel en mordant dans un quartier de citron vert, d'un enfant que l'on pousse sur une balançoire. Explique-moi ce que j'ai foiré ce soir ? J'ai préparé à dîner et je n'ai rien fait rétrécir depuis longtemps. Souviens-toi, Marylène, quand on s'aimait à la folie, sous la douche, derrière le canapé, sur les draps en coton bleu délavé. Main dans la main, nous étions beaux pour l'éternité. À quoi on joue maintenant ? C'est bien au-delà d'une simple claque. Il te faut marquer ton empreinte, affirmer ta position de gestionnaire en chef et me rappeler qui a le dernier mot dans cette maison.

Tu me laisses seul dans la cuisine, à manger des tomates farcies sur un coin de table. Et je me demande si Max Kellerman les aurait aussi bien réussies.

5

Je me suis assoupi devant une série télé. Tu m'as rejoint sur le canapé et tu as murmuré :

— Désolée.

Tu m'as dit :

— C'est les nerfs.

Je m'inquiète parce que ça commençait de la même façon dans *L'Exorciste*. Prise de convulsions, la jeune fille frappait sa mère et tous les amis de la famille, en les insultant dans une langue étrangère. Je paniquerai le jour où tu me vomiras dessus et que ta tête tournera à 360 degrés. Ma diablesse adorée. En te caressant les cheveux, c'est moi qui te demande pardon. Je suis un connard de mec, jaloux d'un vieux beau qui écrit des bluettes merdiques.

Tu te cales contre mon épaule, presque timide, tellement adorable. Je dépose un baiser brûlant sur ton front, qui a pour effet de calmer tes nerfs sans médicament. C'est une saison difficile, sombre et froide, un triste anniversaire aussi, celui de la mort de tes parents. Vingt ans déjà. Un soir de pluie, un coup de fil a retenti dans ta chambre d'étudiante. Un gendarme au téléphone t'apprenait d'un ton monocorde qu'un accident de la route leur avait coûté la vie. La voiture avait glissé sur une départementale avant de s'encastrer contre un platane. Tu as organisé leurs obsèques à La Rochelle, vendu ta maison d'enfance, et terminé tes études à Paris. Tu es un parfait exemple de résilience, et c'est une des raisons pour lesquelles je t'aime, j'embrasse ton lobe d'oreille puis ta bouche, j'oublie tes gifles. Il y a beaucoup de chagrin en toi. Trop de rage, trop de cris. Et quand tu m'enlaces sur le canapé, je serre dans mes bras une inconsolable orpheline.

Marylène, j'ai aimé Caroline, Justine, Pauline, Adeline, mais c'est toi ma reine. Je l'ai su quand tu as insisté pour savoir qui était cette fille qui m'avait souhaité mon anniversaire au téléphone. Tu n'as pas dit « fille », mais un autre mot beaucoup moins générique et sympathique. Elle n'avait plus rien à faire dans ma vie car tu occupais la meilleure place. Et j'ai trouvé ta jalousie terriblement sexy. Adieu mon avocate, mon hôtesse de l'air, ma violoniste, ou tout autre plan cul. J'ai su que c'était toi, Marylène, et uniquement toi, le jour où tu m'as couru après dans la rue pour m'avouer combien tu avais peur de dépendre d'un mec, que tu n'étais pas le genre de femme à dire « je t'aime » à l'angle d'un carrefour, mais que tu amidonnerais mon col de chemise avant de le repasser si demain je me levais en retard. Je t'aurais entraînée au fond d'une impasse pour faire l'amour contre un mur si nous n'avions pas été d'une pudeur inébranlable. J'ai su que tu serais ma chérie, ma meuf, mon alter ego quand tu as jugé bon de mettre à la poubelle mes slips à rayures complètement ringards, parce que c'est un tue-l'amour, moins que les ongles sales mais plus que les chaussettes au lit. Les vieux sous-vêtements à l'élastique qui bâille feraient fuir n'importe quelle femme, toi ou une autre. Je t'ai écoutée, Marylène, et j'ai compris que je n'avais pas intérêt à te laisser partir. On a emménagé dans un grand appartement avec poutres apparentes, changé les draps, fixé des cadres aux murs. Et j'ai su que c'était toi pour la vie quand tu as fait de moi un père. C'est venu précipitamment, me coûtant quelques insomnies, mais finalement je me suis senti nanti d'une mission le jour où Antonin est entré dans ma vie. Un papa, c'est le monsieur aux gros bras qui emmène sa famille à la dune du Pilat. J'en ai fait l'expérience l'été dernier en Gironde.

Impressionnante, souveraine, la montagne de sable s'élevait devant nos yeux ébahis. Antonin s'était lancé le premier dans l'aventure pour grimper tout en haut. Nous le tenions chacun par la main face à la splendeur de la nature. Le matin, la température était clémente, nous avions choisi le moment propice afin de ne pas souffrir de la chaleur. Le chemin était droit mais la pente ardue. Cent mètres de dénivelé, un vrai parcours de santé. Mon cœur de rugbyman donnait des coups de tambour tandis que tu prenais la décision d'arrêter de fumer. Antonin se régalait de marcher entre nous deux, se débattant dans le sable pour arriver plus vite. Au sommet, nous avons repris notre souffle devant l'immensité. On se nettoyait les poumons à pleines bouffées d'air pur. Tu répétais : « Faut que j'arrête la clope ! » Nous nous sommes avancés pour admirer le ciel et l'océan se confondant dans un dégradé de bleus. Rien ne pouvait briser cette harmonie. Ce qui s'offrait à nous était digne d'une poésie. La vue sur le bassin d'Arcachon rivalisait avec la forêt de pins derrière nous. Le petit a levé les bras au ciel en poussant un « ouah ! » d'admiration.

Alors tu as voulu le porter sur tes épaules pour qu'il domine le toit du monde, mais il a préféré grimper sur les miennes. Elles étaient plus hautes, plus solides, plus aériennes. C'était la mission du papa, j'en étais fier. Tu l'as tiré vers toi mais il s'est cramponné à mon cou. Tu as insisté en vain, il affirmait son choix. J'ai vu ton visage perdre son bronzage, blanchir de déception. Une légère crispation d'amertume. Un pincement au cœur. Je n'y ai pas accordé d'importance sur l'instant, cependant il était clair qu'Antonin se servait de moi pour défier le ciel. Lui et moi, nous formions un totem, tandis que tu étais laissée pour compte. Inutile. Superflue. Ma carapace te faisait de l'ombre, comme si je t'arrachais ton fils. Face au vent tiède, je me sentais un super papa, et dans le même temps, je devenais l'homme de trop.

Tu n'as plus prononcé un mot jusqu'à la descente de la dune.

6

Un lundi matin gris et venteux. Je parcours l'esplanade de la Défense à grandes enjambées en repassant sur mon iPhone les photos des dernières vacances d'été. On garde le moral grâce à la thérapie d'images ensoleillées. Il y en a une où je tiens Antonin par la main. C'est toi qui l'as prise, Marylène, en allant à la plage. On marchait devant et tu nous as interpellés : « Coucou, mes hommes ! » Le petit portait un bob et des brassards. J'ai l'air ahuri avec un bon coup de soleil sur la figure. On aurait dit une gifle qui fouette le sang.

Au milieu des tours alignées dans la grisaille, je repense à tes crises de nerfs, aux bouffées de rage, au vent qui gronde. Je me demande à quel moment notre histoire a basculé, si on peut mettre une croix sur le calendrier. Les yeux rivés sur mon téléphone, j'avance sans prêter attention à cette dame âgée que je manque de bousculer. Elle me stoppe net d'une voix haut perchée.

— Et alors, mon garçon, tu ne peux pas regarder où tu vas ?

Je sursaute, en m'excusant auprès de cette femme rongée par les rides, sans maquillage ni artifice, emmitouflée dans un blouson. Elle me scrute derrière ses lunettes rondes argentées. Une mèche blanche s'envole de sa coiffe bleu foncé. Dans une main, elle tient une boîte métallique où s'entrechoquent des pièces de monnaie, dans l'autre un chapelet.

Merde, une nonne.

— T'as pas un euro pour te faire pardonner ?

J'ai failli percuter une bonne sœur qui fait la quête pour une œuvre de charité. Évidemment, ce serait facile de l'ignorer, de continuer ma route en lui disant « J'ai pas d'sous ». Facile de ne pas se sentir concerné. Facile de l'envoyer voir ailleurs si j'y suis.

— Pose ton téléphone et regarde autour de toi, il y a de l'amour à donner, des choses à entreprendre, tu peux transformer le monde si tu t'acharnes un peu.

Elle alpague les gens sur l'esplanade de la Défense en distribuant des paroles salutaires. Je cherche une pièce au fond de ma poche mais je n'ai pas le temps pour les bons sentiments ni le moralisme bon marché.

— Et tu comptes faire cette tête toute la journée ?

— Disons qu'il ne faut pas trop m'en demander avant que j'aie bu un grand café.

— Je ne sais pas ce qui te mine, mon garçon, mais il n'y a pas de fatalité dans la vie. Il faut lutter. Alors en avant !

— C'est-à-dire que je suis pressé.

— Comme la plupart de tes collègues…

Elle observe attentivement la population du quartier. D'ailleurs, je me demande comment elle a atterri ici. Il y a moins de couvents que de banques à la Défense. Ici, on voue un culte à Bill Gates, pas à Mère Teresa. Les religieuses ne sautent pas en parachute au-dessus du pôle financier. Y aurait-il eu un lâcher de nonnes pour soulager la misère dans le monde ? Je glisse une pièce dans la boîte, avant de me voir confier une image d'évangile. La bonne sœur ne compte pas en rester là.

— La vie est belle, alors ne rumine pas ta peine et fonce ! *Citius, altius, fortius !*

À la vue de mon sourcil relevé, elle s'oblige à me traduire son latin.

— « Plus vite, plus haut, plus fort ». C'est la devise olympique !

— Faut croire que j'ai vraiment une sale tronche.

— Si tu as cinq minutes, dis-moi ce qui te turlupine. C'est le libéralisme économique, c'est ça ? Quel système impitoyable ! Tu sais, mon garçon, j'ai beau avoir fait vœu de pauvreté, de chasteté et d'obéissance, je regarde quand même les infos à la télé pour savoir où va le monde.

Depuis quand les religieuses ont-elles abandonné les cours de catéchisme pour prêcher la modération sur la mondialisation ? Je soupçonne un canular afin de piéger les rois de la finance. Je vérifie autour de moi qu'aucune caméra cachée n'est en train de me filmer.

— Entre nous, tu n'as pas les cheveux assez balayés sur le côté pour être employé de banque. Si tu étais assureur, tu m'aurais déjà faussé compagnie. Un trader en Bourse porterait une montre en or à chaque poignet. Alors dis-moi, quelle est ta spécialité ?

— Je suis agent immobilier.

— Doux Jésus !

Elle esquisse un signe de croix.

— Vous avez l'air de bien connaître le monde de la finance.

— Oh, miséricorde ! Je l'ai surtout côtoyé...

Mon sourcil se dresse à nouveau car j'ai du mal à croire qu'une nonne ait des accointances avec les banques d'affaires.

— Tu sais, mon garçon, on ne naît pas religieuse, on le devient, souvent après avoir tout plaqué pour trouver un sens à sa vie. Il fut un temps où j'étais une travailleuse acharnée, experte-comptable dans les tours. C'était la fin des années soixante-dix, Giscard président, les chocs pétroliers, l'inflation galopante... Un jour, je me suis effondrée sur le bitume. Le stress est un boa constrictor qui t'enserre pour mieux t'étouffer. Si je n'avais pas tout plaqué, je serais morte ! J'ai suivi les voies du Seigneur et il m'arrive de prier pour les travailleurs qui sacrifient leur âme sur l'autel du capitalisme. J'ai une profonde empathie pour ceux qui se frottent au système bancaire, se brûlent la rétine devant un écran d'ordinateur, craquent et pleurent dans un ascenseur. Alors, quand je t'ai aperçu avec ta tête de chien battu, tu m'as rappelé une sale période de mon existence. J'ai pensé que tu étais au bout du rouleau.

Elle m'achève sur place, la vieille morue. Et elle ne lâchera pas l'affaire tant que je n'aurai pas déversé mes malheurs. Faut-il que je sois assez désespéré pour me confier à une représentante de l'Église ? Aussi lucide soit-elle sur la fracture sociale, elle n'est pas concernée par la vie de couple. À part l'histoire d'Adam et Ève, du scandale causé par le fruit défendu, que sait-elle des conflits conjugaux ? Elle mène une vie monacale, peinarde le soir dans son lit d'une place et demie. Personne n'est là pour lui reprocher d'avoir laissé des miettes ou fait rétrécir un pull. Elle me met dans l'embarras car il y a plus misérable que moi sur terre : les pauvres des bidonvilles, les réfugiés des guerres civiles, les prostituées du bois de Boulogne. Avec un haussement d'épaules, je lui dis :

— C'est juste un problème de cœur…

— Ah l'amour ! Cette ode à l'ivresse ! Cette frénésie ! L'amour, c'est une virée en auto-stop sur une route de campagne, à bord d'un camping-car bringuebalant, et toi, mon garçon, tu ne sais pas dans quoi tu t'embarques.

— Il y a des jours où je voudrais sauter en marche.

— Allons bon !

Elle a raison au sujet de l'amour, presque autant qu'un chanteur de variétés. On aurait pu accompagner ses paroles à la guitare ou au synthé. Quand je t'ai rencontrée, Marylène, je ne savais pas ce qui m'attendait. Je suis monté dans ta voiture de rallye sans attacher ma ceinture de sécurité. Tu as passé les vitesses et je me suis encastré dans le pare-brise.

Sur le bas-côté, la bonne sœur m'assomme avec sa psychologie positive :

— Et s'il était possible de réparer les choses ? Autrefois, on prenait le temps de poser une rustine ou de colmater les brèches. Maintenant, les jeunes envoient tout balader ou revendent les objets encombrants sur eBay.

— Avec ma femme, c'est compliqué…

— Séduis-la comme au premier jour, apprends à danser au bord d'une falaise, et garde l'espoir qui habille les couples d'une lumière chatoyante.

Elle devrait définitivement se lancer dans la chanson. On a déjà vu Sœur Sourire décrocher un tube à la guitare acoustique. De sa voix haut perchée, la nonne est une poétesse de la rue, dédiant ses messages de paix à qui veut les entendre. Là, sans délai, je ne m'en vais pas danser mais vendre des appartements, courir après l'oseille.

— Prends mes paroles comme des graines de vigueur qui germeront tôt ou tard dans ton jardin intérieur.

— Merci, madame… enfin, je veux dire, ma sœur… enfin plutôt, ma mère…

— Je suis sœur Solange, missionnaire de la Charité.

— Et vous remontez souvent le moral des Parisiens sur l'esplanade de la Défense ?

— Sache, mon garçon, que lorsque je rencontre mon frère, je rencontre Dieu.

— Vous savez, moi, je ne crois pas beaucoup à tout ça…

— Mais Dieu croit en toi, en l'espoir et en l'amour.

J'évite de rouler les yeux devant elle, ce serait très impoli. Cette discussion sur le parvis est certainement spirituelle et saisissante de vérité, mais en bon Parisien ultrapressé, je dois filer. En attendant, je lui promets de faire un effort et de garder le sourire, ne serait-ce que pour éviter d'attirer l'attention des missionnaires de la Charité.

— Et toi, mon garçon, comment t'appelles-tu ?

— Jean-Michel… mais je préfère Jean-Mi.

— Prends soin de toi, Jean-Mi. Tu me trouveras ici tous les lundis, et la prochaine fois, je veux te voir péter de joie.

Depuis combien de temps les religieuses sont-elles d'anciennes amazones de la finance ? Et depuis quand emploient-elles l'expression « péter de joie » ? Dans une bourrasque, sœur Solange tourne les talons. Je n'avais pas remarqué ses baskets à semelle gomme antidérapante. Le devoir l'appelle vers une autre mission, certainement un hôpital ou une prison pour femmes, des victimes du burn-out qui ont craqué et sont passées à l'acte en trucidant leur employeur. La nonne avance comme une rebelle, une frondeuse, une insoumise, et disparaît au loin derrière les buildings de verre. Je me demande si ce n'est pas un mirage. Perdu dans mes pensées, le vent jouant avec mes mèches de cheveux, je réfléchis aux gifles qui tombent, aux journées orageuses, aux objets abandonnés sur le trottoir, et surtout à comment péter de joie.

7

— Oh toi ! T'as mauvaise mine.

Entre deux visites d'appartement, il m'arrive de faire un détour chez ma mère. Aujourd'hui elle me sape le moral. Elle trouve que j'ai les yeux cernés, une barbe qui me vieillit, une trace rouge au coin de l'œil. Maman remarque tout.

— Dis donc ! Comment tu t'es fait ça, mon Mimi ?

Elle me désigne l'éraflure de ta bague, un souvenir de ton agressivité.

— C'est juste un mauvais coup au rugby.

C'est la réponse la plus cohérente et spontanée, celle que tout le monde croit volontiers. Tous les jeudis soir, je pars au stade avec mon sac de sport en bandoulière jouer en corpo avec les banquiers et les courtiers d'assurances. Le rugby dissipe les inquiétudes et chasse les questions embarrassantes. C'est un engagement du corps, de l'effort, de la terre au front, des mains écrasées sous les crampons. Comparés à toi, Marylène, mes coéquipiers sont des chatons de calendrier. Si j'expliquais comment tu extériorises tes crises de nerfs, je passerais pour une mijaurée.

Forcément, je mens à ma mère. Elle est une victime du machisme d'avant-guerre. Elle aime que chacun tienne son rôle et reste à sa place : la femme brode des napperons et surveille une fricassée de dinde, l'homme tient les comptes à jour et monte des murs porteurs. Un repas consistant et une toiture solide sont les éléments essentiels à la structure d'une famille. Ma mère est du genre à dire : « Une femme sans mari est un champ sans pluie. » Et ce n'est pas mon père qui l'aurait contredite. Quand l'homme gronde, la femme se tait. Quand il parle, elle l'écoute. Une femme qui tape son mari est une créature mythologique ou une extraterrestre. Elle castre ce pauvre type comme un chat de gouttière, et lui n'a plus de sexe ni de force, donc aucune utilité. Il perd sa place de dominant. Il est ridiculisé. Qu'on lui coupe aussi la tête !

— Maman, t'as encore laissé le portail ouvert !

— Oh, tu parles, qui viendrait cambrioler ici ? Tous les meubles sont moches.

Ici, c'est la banlieue, la petite couronne ouvrière. C'est Fernand Raynaud qui demande le 22 à Asnières. Un ensemble de bâtiments en béton égayés de quelques géraniums. Au bout d'une allée, on arrive au pavillon familial, la maison où j'ai grandi avec mes frères, d'où je me rendais à Paris en RER. Tout est figé dans une époque lointaine : la table réfectoire avec piètement à boule, le vieux tapis aux couleurs fanées, le buffet en bois massif où sont rangés les verres à pied, les couteaux à beurre, les fourchettes à gâteaux. Le mobilier et la vaisselle appartenaient à mes ancêtres et, dans la logique des choses, je souhaite à mes frères de les récupérer un jour. Moi, je m'en passerai volontiers.

— Tu veux un p'tit porto, mon Mimi ?

— Non merci, maman.

— Tu es sûr ? Si tu veux déjeuner, j'ai préparé des œufs mimosa.

C'est la spécialité de ma mère depuis des années. Mon père lui réclamait d'en faire tous les dimanches, et puis les œufs mimosa se sont imposés n'importe quel jour de la semaine. Il y en a toujours au réfrigérateur, au cas où un de ses fils lui rendrait visite à l'improviste.

— Marylène et le petit vont bien ? Ça fait longtemps que je ne les ai pas vus…

Je lui ai présenté peu de femmes dans ma vie, ni Caroline ni Justine, alors elle prend soin de demander de tes nouvelles. À ses yeux, tu es l'élue. Elle se lamente que nous ne soyons pas mariés, que nous vivions en union libre, comme tous ces couples modernes dont on parle à la télé. Nous sommes d'accord : un mariage, c'est atroce. C'est une flopée de cousins dont on ignore l'existence, un tonton qui fredonne des chansons paillardes devant des choux à la crème, des plats à asperges offerts en triple exemplaire, des frères saouls qui vomissent sur leur cravate et des belles-sœurs qui râlent par-derrière. C'est surtout la triste occasion de souffrir de l'absence de tes parents, de constater un vide sur les bancs de la mairie, d'appuyer là où ça fait mal. Malgré les conventions sociales et le désir de voir ses trois fils casés, ma mère peut le comprendre. Elle n'est pas près de ressortir son chapeau jaune canari qui lui donne l'air de la reine d'Angleterre.

Je lui raconte notre quotidien, métro-boulot-dodo, la pression au travail depuis que tu es passée responsable marketing, les grèves et les manifs, les aléas de la vie parisienne. Elle ne m'écoute pas vraiment, se faufilant d'une pièce à l'autre avec son plaid sous le bras. Elle s'installe dans le vieux fauteuil crapaud, armée de sa télécommande. Et soudain, plus rien n'a d'importance.

— Tu m'excuses, hein ? C'est l'heure de mon feuilleton.

Elle monte le son. Il est difficile de capter son attention quand débute sa telenovela brésilienne. À l'écran, un homme brun se dispute avec une femme blonde sur le pont d'un voilier, il lui reproche son manque de fidélité.

— Maman ! Tu ne peux pas regarder autre chose que ces conneries ?

— Oh, écoute, ça me détend.

— Ça passe du matin au soir !

— Et alors ? Si j'aime…

— Ça rend con.

— Dis donc ! Si t'es venu pour être désagréable, tu peux rentrer chez toi…

Je contrarie maman. Une cible facile. On se sent libre d'être méchant avec sa mère, c'est la seule personne qui vous aime d'un amour inconditionnel et qui ne vous tournera pas le dos. La mienne est droguée aux telenovelas depuis que mon père est en maison de retraite. Il y a deux ans, il est tombé dans le jardin, au milieu de la mousse et du chiendent. Disjoncté. Hors service. Ma mère préparait des bouchées à la reine quand elle l'a aperçu étalé par terre. Elle a accouru en criant au secours pour alerter les voisins. Il était mal en point, le visage tordu, un bras paralysé. Elle a tout de suite détecté un AVC. Après une carrière dans l'armée de terre, où il formait les soldats au combat, papa s'est retrouvé alité. Il représentait la force, l'autorité, la tyrannie aussi. Quand il haussait la voix, mes frères et moi gardions la tête baissée. Nous avions intérêt à marcher droit. Il nous répétait que la mission d'un homme est de se préparer à la guerre pour sauver son honneur et sa patrie. Gare à nous si nous osions parler de désarmement nucléaire ou des actions de Greenpeace. Pas de propos d'écologistes ni de pacifistes surexcités à table. Lui qui était si vigoureux, indestructible comme une forteresse, il ne ferait plus peur à une tourterelle maintenant. On attend tous la fin.

Je m'assois près de ma mère, sur la banquette Louis XVI, ce qui place mon regard en face du portrait de mon père encadré sur le buffet, avec ses lèvres pincées et son béret militaire.

— T'es allée voir papa ?

— Oui, ce matin.

— Et alors, il va bien ?

— Il avait les yeux ouverts. Je crois qu'il m'a reconnue.

En épouse dévouée – pour le meilleur et pour le pire –, elle va lui rendre visite tous les jours. Elle lui tient la main, lui relate leurs bons souvenirs en parlant suffisamment fort, et quand le moment devient trop pesant, elle rentre à temps pour suivre sa série à l'eau de rose. J'aimerais vivre un tel amour avec toi, Marylène, inlassable et généreux. J'aimerais plus de meilleur que de pire.

— Et sinon, tu as eu des nouvelles de Jean-Luc et Jean-Bernard ?

— Chut !

Ma mère est absorbée par la vie tumultueuse des Brésiliens qui ne vivent que de mensonges. Sur le pont du voilier, l'acteur secoue l'actrice par le bras. Il lui dit : « Tu n'es qu'une traînée, Fabiola. » Elle lui réplique : « Lâche-moi, Ricardo ! » en rejetant ses longs cheveux blonds derrière ses épaules bronzées. Dans nos sociétés fondées sur le patriarcat, l'homme doit tenir sa femme. Depuis le Brésil, Ricardo me montre l'exemple d'un machisme latin débordant. Je n'ose pas partager mes déboires avec ma mère. Comment réagirait-elle si Fabiola en venait à frapper Ricardo ? Les passions qui s'entremêlent sous le soleil de Rio sont plus importantes que le linge sale de son fils. Ma visite de courtoisie lui suffit, nul besoin de grands discours.

En fin de compte, ces derniers jours, la seule personne avec qui j'ai eu une conversation intime et profonde, c'est une religieuse en baskets prêchant l'espoir sur l'esplanade de la Défense.

8

C'était à l'anniversaire de mon frère Jean-Bernard. On sortait ensemble depuis trois mois. Ma mère avait invité tout le monde à la maison : ses fils, ses belles-filles, ses petits-enfants. On se réunissait pour les grandes occasions essentiellement. Elle m'avait dit au téléphone : « Amène ta copine, si tu veux, on sera contents de la rencontrer. »

Jusque-là, je ne lui avais pas présenté beaucoup de filles. J'ai toujours été plutôt solitaire, secret, baroudeur, sans attaches. Depuis que mon regard s'était attardé sur toi dans le club de salsa, j'avais coupé le lien avec mon avocate, mon hôtesse de l'air, ma violoniste, ou tout autre plan cul en général. Supprimé les applis, rangé mes chaussettes par ordre de couleurs. Ta brosse à dents tenait compagnie à la mienne. J'ai senti que c'était le bon moment.

Dès que nous sommes arrivés, tu as été l'attraction. Mes neveux et nièces étaient curieux de voir mon amoureuse, mes belles-sœurs t'ont entourée sur le canapé, au plus près de leur future rivale ou d'une alliée pimpante. La première impression est fondamentale et tu as su trouver ta place, avec enthousiasme et modestie, sans leur porter ombrage. Un compliment sur le bracelet doré de l'une, sur la frange effilée de l'autre, elles t'ont tout de suite adorée. Nous avons porté un toast aux enfants réunis, petits et grands, à notre clan qui s'agrandissait. Seul mon père ne respirait pas la joie de vivre, picorant des olives et feignant de t'ignorer.

À table, tu te forçais à sourire aux blagues de Jean-Bernard, alors que l'on sait tous depuis des années qu'elles ne font rire que lui. Mes belles-sœurs te trouvaient extrêmement gentille, du moins pas conflictuelle. Corinne, la fleuriste, t'accaparait pour t'expliquer comment fabriquer une couronne de lierre et de gypsophile, tandis que Sophie voulait t'entendre parler des derniers romans d'amour publiés par ta maison d'édition. Mon frère s'est senti l'âme poète en plantant sa pique dans un bulot.

— L'amour, c'est comme la gastro, on l'attrape dans la rue et on la résout au lit.

On aurait pu l'applaudir pour ce brin d'humour digne d'un pilier de comptoir de PMU. Comme tu ne digères pas les fruits de mer, ma mère t'a proposé de te resservir des œufs mimosa. Elle était aux petits soins, espérait que tu reviennes, que tu sauves son fils du célibat. Rebondissant sur les bulots, Jean-Luc en a profité pour faire le point sur l'élévation du niveau de la mer, causée par la fonte de la calotte glaciaire, qui engendre la transgression marine. Il nous étale sa science et balance un scénario de fin du monde à chaque repas, en jetant un œil attendri à ses enfants largués dans cette société chaotique. Il répétait : « On va vers le pire », mon père bougonnait : « Tu nous fais chier, l'écolo ! », et ma mère rouspétait : « Jean, fais attention ! Les p'tits t'entendent ! »

À la queue leu leu, neveux et nièces faisaient le petit train autour de la table, les adultes parlaient en même temps, la sonnerie du four retentissait, mais à aucun moment tu n'as regardé ta montre, ni prétendu la migraine, ni cherché un trou de souris pour t'enfuir. On connaît vraiment une personne en rencontrant sa famille, désormais tu étais une femme avertie. Je te faisais du genou pour te câliner en douce, te remercier de ta patience, et je t'ai prévenue qu'après le café tu aurais droit à une séance d'albums photos. C'était un long dimanche, mais un passage obligé.

Je pensais que retrouver des liens familiaux et des grandes tablées serait réparateur, toi qui n'avais plus de parents ni de cousins. Dès à présent, je t'offrais une drôle de famille prête à t'accueillir à Noël. Il y aurait certainement des œufs mimosa en entrée, la traditionnelle dinde aux marrons, et des blagues de mon frère. Sous la table, tu as posé ta main sur ma cuisse. J'étais à toi, pour le meilleur et pour le pire.

9

La douceur du printemps nous a incités à ouvrir les fenêtres et à rempoter les géraniums. Nous nous y sommes attelés ensemble, à genoux sur une bâche en plastique. Un léger frisson m'a parcouru quand nos doigts se sont frôlés dans les jardinières. Tu étais sereine et attentionnée, j'ai pensé que l'odeur de la terre et de l'humus t'apaisait. Nous devrions peut-être quitter Paris pour vivre à la campagne. Antonin adorerait se dégourdir les jambes dans la forêt. Pendant notre atelier jardinage, il jouait aux Indiens avec le fils de la voisine dans le salon. Ces deux-là s'entendaient comme des frères. À aucun moment tu n'as relevé la tête pour observer les garçons et te laisser envahir par les regrets de n'avoir qu'un seul enfant. Tu me parlais de ton travail au sein de la maison d'édition, du cercle germanopratin que tu fréquentais, de tes envies de déménagement vers la rive gauche. Je ne remettais rien en cause, de crainte de provoquer une querelle, mais j'aime la Porte de Saint-Ouen avec son esprit populaire et ses nouveaux espaces verts. Il faut croire que tu ne vois la beauté que dans ce qui brille.

Tu tassais la terre, j'arrachais les feuilles mortes, quand des amis ont sonné à l'interphone. Alban et Sidonie se promenaient dans le quartier et passaient à l'improviste.

Les mains dans la jardinière, tu m'as fait non de la tête. Tu le trouves rustre et vicelard, sa femme insignifiante et niaise. Trop tard. C'est samedi, nous sommes libres, quel prétexte trouver pour les empêcher de monter ? Après tout, c'est ta faute, c'est toi qui as lancé une invitation à la parisienne : « Passez prendre un café à l'occasion ! » Des paroles en l'air de manière à rester polie et convenable mais qui manquent de sincérité.

Alban te met mal à l'aise chaque fois qu'il pose son regard sur toi. Tu m'as dit un jour : « Je crois que ton pote a envie de me sauter. » D'une façon générale, tu te considères comme un objet de désir dans l'œil de mes copains du rugby. Il sort de l'ascenseur en déclamant mon prénom comme un acteur de tragédie : « Jean-Miii ! » Sa voix grave résonne dans le couloir et te colle la migraine. Depuis qu'il a arrêté de fumer, il a pris du poids, alors il pousse de la fonte pour transformer le gras en muscle. Tu m'as souvent dit : « Si tu deviens une caisse comme lui, je te quitte. » Sidonie le suit, enceinte de sept mois. La grossesse lui va à merveille, et c'est précisément ce qui t'exaspère chez elle : cet épanouissement éclatant. J'ai pensé que tu étais jalouse, que tu avais envie d'un autre enfant, qu'il faudrait s'y mettre, même si ce n'est pas la solution pour ressouder un couple. Ils nous ont apporté des coquelines à l'abricot. Je sais à quel point tu détestes tout ce qui est trop sucré. Tu les remercies d'un sourire figé de speakerine.

— C'est adorable, mais vous tombez mal, on est en plein jardinage.

— Pas grave, ma poule ! On ne reste pas longtemps.

Les gens qui s'incrustent t'exaspèrent. Ceux qui t'appellent « ma poule » sont à lyncher. Tu les invites à entrer à contrecœur. Alban te claque la bise de ses joues en sueur. Tu t'enfuis dans la cuisine pour t'essuyer avec du papier absorbant, préparer le café, prier devant la Nespresso qu'ils s'en aillent vite. Dès qu'il entre dans une pièce, le spectacle commence. Il me pince le ventre et me flanque un coup d'épaule.

— Ça va, gros ?

C'est le surnom qu'il me donne mais je ne le prends pas mal. Le plus enrobé de nous deux, c'est lui. Il me dévisage bizarrement et remarque la griffure causée par ta bague au coin de l'œil.

— Dis donc, gros, t'as quoi là ?

— Bah rien.

— Mais si, là !

— Non… rien… j'ai dû me gratter.

— Déconne pas, tu t'es blessé ?

Tu réponds à ma place en revenant, les mains chargées d'un plateau de tasses de café.

— Ah l'idiot ! Il s'est cogné en réparant une fuite d'eau.

Sous la table, tu me donnes un coup de pied, accompagné d'un sourire malicieux, signifiant que je n'ai pas intérêt à te contrarier. Alban me colle une tape dans le dos : « Hé, hé ! Sacré Jean-Mi ! » Pris entre vous deux, j'essaie de garder un air décontracté. S'il savait la vérité, je ne serais plus un sacré Jean-Mi, mais ce pauvre Jean-Mi qui se prend une dérouillée par sa femme. J'ai honte d'exposer cette écorchure, honte d'en parler à mes amis, honte des pensées et des mots broyés, honte de raconter des salades à ma mère. Honte d'avoir honte. Alban ne me laisse pas le temps de rougir et enchaîne avec ses projets, son envie de fonder une start-up spécialisée dans le courtage en ligne, le futur bébé et les prochains à venir, un déménagement en proche banlieue puisque la famille s'agrandit. Sidonie caresse son ventre, exaltée par les élans de son mari. Tu te tiens droite sur la chaise, écœurée de la voir tremper une coqueline dans le café. Tu dévisages son gros ventre comme un objet encombrant. À son tour, elle nous raconte ses derniers jours au Crédit Mutuel, avant son départ en congé maternité. Tu fais semblant de l'écouter, en hochant la tête de temps à autre pour feindre l'attention. Tu observes la formation de son double menton avec une certaine condescendance.

Alban embraie sur la diététique et la remise en forme. Il ne parle que de son corps qu'il façonne à grand renfort de protéines. Il m'explique les bienfaits de la nourriture riche en hydrates de carbone, comment mieux comprendre le métabolisme des glucides, où trouver les acides aminés dans l'alimentation. Je ne l'écoute qu'à moitié tellement il m'assomme avec sa nouvelle lubie. Il m'incite à le suivre dans sa cure, histoire de brûler les graisses et d'améliorer les performances au rugby. « Je me trouve moins gros lard en calbar ! » dit-il en mordant dans une coqueline. Tu me lances un vif coup d'œil de vipère sournoise et j'en comprends le message. Nous sommes d'accord : il faut qu'ils partent. Alban a beau me donner des coups de coude de connivence, je ne suis pas très à l'aise avec lui. En ta présence, je n'arrive pas à être naturel. Sa voix t'assourdit et tu n'en peux plus de son rire gras. Je sens que tu atteins le point de non-retour quand il nous mitraille d'une série de blagues sur les blondes, bien salaces et dégradantes. Une volonté de provocation. Heureusement, un allié inattendu débarque autour de la table pour détendre l'atmosphère.

Antonin se précipite vers moi avec une question de la plus haute importance.

— Dis, tu sais combien de temps on met pour faire le tour de la Lune en fusée ?

Alban et Sidonie s'émerveillent de l'attraction que je provoque chez lui. Ils se projettent en futurs parents, prêts à affronter la terrible période des pourquoi. Je prends un court instant de réflexion, en farfouillant dans mon iPhone. Il n'y a pas de problème, il n'y a que des solutions grâce à Google. Je veux trouver la réponse et l'impressionner.

— Sachant qu'il faut déjà trois jours pour aller sur la Lune, qu'elle tourne sur elle-même… elle est plus petite que la Terre mais bon…

Chaque question est l'occasion de lui raconter une histoire grandiose, celle de l'astronaute qui nous a honorés d'un petit pas pour l'homme, mais d'un bond de géant pour l'humanité.

— Et puis, Neil Armstrong l'a dit, ça dépend du poids de la fusée… et ça dépend du vent…

Le petit est scotché à mes paroles, et là, tu me coupes dans mon élan.

— T'as fini de lui dire des conneries ?

Silence autour de la table. Antonin te fait remarquer que tu as dit un gros mot, tu lui promets d'ajouter un euro à sa tirelire.

— Qu'est-ce qui te prend ?
— J'en ai marre que tu lui racontes n'importe quoi.
— On a le droit de rigoler ?
— Non ! Pas avec mon fils.

Tu le ramènes vers toi et le prends sur tes genoux. L'enjeu n'est pas de le câliner mais de t'interposer entre lui et moi, d'assurer ton territoire de louve. Quand tu me renvoies cette moue de dédain, tu piétines la confiance établie avec le petit. La féerie spatiale n'a plus de place ici. Alban se racle la gorge, Sidonie arrête de se caresser le ventre. Ce n'était pas juste une remarque acerbe, mais un rappel à l'ordre. Lorsque je suis le détenteur des réponses à ses questions, Antonin me place sur un piédestal et te relègue au second plan. Il ne compte pas sur toi pour lui raconter le monde de la Terre à la Lune. Du haut de ma chaise, je ne dois pas user de finesse et susciter son admiration, ni jouir de la situation devant mes amis. Je peux m'occuper de lui mais pas trop, le porter sur mes épaules mais pas monopoliser son affection, sinon gare au retour de bâton. Nous nous regardons en chiens de faïence. Un bras de fer parental. Lequel de nous deux baissera les yeux le premier ? Notre confrontation visuelle, silencieuse et sans fin, prend la couleur d'un western. Alban et Sidonie n'osent pas participer au débat, ils s'inquiètent et s'interrogent. Y aurait-il de l'eau dans le gaz au sein de notre couple ? Ils ne veulent pas rester en travers de la ligne de feu et préfèrent nous laisser tranquilles. Mon ami fait craquer les os de ses mains et propose à sa femme de se mettre en marche. Sans vouloir nous vexer, ils vont continuer leur route pour acheter une poussette avec siège auto intégré. Ils interrompent notre duel pour nous saluer. Nous n'insistons pas pour qu'ils restent.

Devant la porte d'entrée, Sidonie noue une écharpe autour de son ventre et te remercie de la pause-café. Tu lui remets son cadeau dans les mains.

— N'oublie pas ton sachet de coquelines !

— Oh ! Garde-le pour Antonin.

— Non. Je ne veux pas qu'il mange ces cochonneries, merci quand même !

Alban s'est retourné vers moi dans le couloir, le regard empli d'embarras.

— Hé, gros, on se voit bientôt au stade ?

— Oui ! À jeudi…

Lorsque j'ai refermé la porte, tu m'as lâché :

— Toujours aussi lourdingue ton pote…

Dans la foulée, tu as ajouté :

— Et elle, c'est devenu une grosse vache.

N'envisageant pas de t'écouter médire sur mes amis, et ne souhaitant pas provoquer une nouvelle dispute, j'ai adopté un profil bas en proposant de nous recentrer sur notre unique projet commun :

— Et si on finissait les jardinières ?

Le rire des enfants a détendu l'ambiance électrique. Les petits Indiens couraient dans le salon avec leurs plumes autour de la tête, réclamant leur goûter. Antonin t'a sauté au cou et le fils de la voisine m'a grimpé sur le dos. La joie enfantine a le pouvoir de chasser n'importe quelle aigreur d'adulte. Nous avons joué du tambour avec eux et entamé la danse des Sioux devant les géraniums. Notre règlement de comptes ressurgira à un autre moment, dans la chambre ou la salle de bains, loin de leurs regards.

Tu leur as servi une compote maison et des barres de céréales, pendant que j'ai fixé les jardinières au balcon, fier de ce que nous venions d'accomplir. En bas, des gens traversaient la cour d'un pas nonchalant. Je me suis demandé combien d'entre eux cachaient un problème d'alcoolisme ou de cleptomanie. Combien menaient une double vie et trompaient leur conjoint avec une secrétaire trilingue ou un auteur de polar ? Combien avaient recours aux torgnoles pour passer leur humeur sur l'autre ? Tu es revenue vers moi. La tête posée contre mon dos, tu m'as enlacé sur le balcon. Les voisins d'en face ne verraient que de la tendresse entre nous.

10

Tous les lundis, je croise sœur Solange sur l'esplanade de la Défense. Le temps d'un bonjour amical et d'une pièce de monnaie glissée dans sa boîte métallique, je la rassure en lui montrant que je surfe sur le capitalisme. Loin de me laisser submerger, je maîtrise la vague. « La vie est une météo imprévisible, dit-elle, alors n'oublie pas : si, contre la vague, la mer frise, saute de vent vient en surprise. » J'approuve le dicton et lui promets d'y songer, après un second café corsé.

Sœur Solange est une récréation, une rafale de mistral, une stèle propice à la méditation. À cette heure de la matinée, il est réconfortant de la trouver en chemin. Chaque jour est un éternel recommencement : métro, bureau, e-mails, téléphone, ventes d'appartements, si possible dans des immeubles de standing. « Je vends, donc je suis » est la maxime de mon manager inscrite au feutre sur un paperboard. Nous sommes une armée d'agents immobiliers conditionnés à rapporter du pognon. J'ai trente-cinq ans, des cheveux bruns ondulés qui provoquent la jalousie des copains guettés par la calvitie, et je me fais des couilles en or. Moi aussi, je pourrais porter une Rolex à chaque poignet, pourtant il m'arrive de regarder à l'extérieur par l'immense baie vitrée et de ressentir l'envie de philosopher avec une religieuse anti-capitaliste.

Dans un coin de ciel bleu reviennent des oiseaux migrateurs, formant un V presque parfait. Des grues ou des étourneaux, je ne les reconnais pas à cette distance. Un joli manège qui chasse la rigueur de l'hiver.

— Alors, mon p'tit Jean-Mi, on a un coup de mou ?

Édouard resserre le nœud de ma cravate et tente de me remettre en selle.

— Tu as une divorcée sur ton agenda, alors fonce ! Fais-lui ton œil de velours. Vends le produit.

Il m'a entraîné à rendre les affaires florissantes grâce aux couples brisés. Tout ce qui compte, c'est le profit immédiat. La prime qui tombe dans le portefeuille finance mon costume taillé sur mesure et mes chaussures en cuir de confection italienne. Et pour les divorcés, j'ai toujours un paquet de mouchoirs à l'eucalyptus dans la poche de ma veste.

Le temps d'un saut à Courbevoie, je rejoins une future acquéreuse qui m'a sollicité pour une seconde visite. J'espère conclure la vente aujourd'hui. La fois précédente, elle m'a raconté sa vie au fond d'un café surchauffé. C'est une ancienne décoratrice d'intérieur, trompée par son mari et délaissée par ses enfants, qui vit l'angoisse de la quinquagénaire esseulée. Par ailleurs, son chat est mort des suites d'une tumeur au cerveau et sa psy a déménagé en Lozère. Avant de s'effondrer en larmes en serrant son sac à main, elle m'a avoué que j'étais le seul à qui elle se confiait dernièrement.

Arrivé sur place avec un peu d'avance, j'ouvre les fenêtres pour aérer et me prépare mentalement à convaincre la cliente. « Je vends, donc je suis », je me répète en simulant deux uppercuts. J'ai l'aura d'un champion, je suis le Rocky Balboa de l'immobilier. La cliente arrive pile à l'heure, une larme à l'œil mais le brushing impeccable. En toute loyauté, elle préfère me prévenir qu'elle hésite encore. Son divorce et ce changement de situation brutal la perturbent énormément. C'est encore récent, mais la maison est bien vide depuis le départ des enfants. Elle ne se résout pas à cette idée. Je l'écoute et lui tends un mouchoir en papier. Dans une démonstration hors pair, j'essaie de lui montrer le potentiel de ce lieu. Malgré une infiltration d'eau dans la cuisine et des travaux de peinture à entreprendre, l'exposition plein sud garantit un excellent puits de lumière. Je lui dis en écartant les bras en croix : « Voyez-vous, les fenêtres sont les yeux de cet appartement. » Elle acquiesce, sans grande conviction, confuse de m'avoir fait déplacer pour rien. Je sens que l'on va retourner au café, jouer au bureau des pleurs. Elle s'adosse contre le mur, le visage éclairé par un rayon de soleil. Et si jamais les enfants rentraient du Canada ? Et si son mari regrettait et revenait vers elle ? Et puis son chat, c'est trop triste quand même. Elle ressort une photo de lui qu'elle garde dans son portefeuille. Un silence de plomb s'installe, le temps que je la dévisage en suçant une pastille à la menthe. J'ai l'haleine fraîche et de l'empathie pour cette pauvre femme, cependant je ne me résous pas à perdre la vente. Il ne serait pas louable de la renvoyer à son quotidien sans lui dresser le bilan en toute franchise.

— Madame, si je peux me permettre, pourquoi attendre ? Les enfants sont grands, ils s'éclatent dans leurs études, ils en oublient de vous téléphoner. Et même si votre mari revenait, pensez-vous qu'il serait fidèle ? Il vous emmènera à Deauville et vous laissera croire que vous êtes la femme de sa vie, avant de vous tromper à nouveau avec une contrôleuse de gestion ou une prof de zumba. Toute votre vie, vous avez donné le meilleur de vous-même à cette famille. Est-ce qu'ils vous ont remerciée ? Vous avez prétendu être heureuse, vous avez pris des pilules de Lexomil, alors que vous étiez perdue dans la futilité du couple, espérant que quelque chose de meilleur puisse vous arriver. Eh bien, c'est ici et maintenant. Montrez à votre ex-mari que vous êtes meneuse de votre propre changement. Votre avenir se dessine sans lui. Osez franchir le pas et achetez votre indépendance.

Tandis que mon discours infuse dans sa tête, j'utilise un argument irréfutable :

— Vous savez, ce quartier, c'est le nouveau Brooklyn…

Et comme elle ne réagit pas davantage, je joue mon va-tout, advienne que pourra :

— Il y a de la place pour un autre chat…

Dans les minutes qui suivent, nous quittons l'appartement en vue de signer le compromis de vente.

Après cette transaction bien menée, j'ai serré la main de ma cliente. Notre jeune stagiaire lui a apporté un verre de vin blanc moelleux pour fêter ce nouveau départ. Elle m'a remercié d'avoir tout mis en œuvre afin de lui donner une chance de se reconstruire. Je lui ai adressé le sourire de l'agent immobilier satisfait de sa mission. Ce succès vient de consolider mes couilles en or. J'ai traversé l'open space avec la démarche souple et intrépide du tigre blanc de Sibérie, lancé un clin d'œil de vainqueur à mes collègues en me passant la main dans les cheveux. Depuis son bureau, mon manager me félicite et me propose de fumer un cigare, sur un canapé Chesterfield, dans le sous-sol d'un restaurant à Pigalle. Un fumoir tenu secret, où les hommes d'affaires les plus hardis se rencontrent et se félicitent de leurs entreprises. Je n'ai malheureusement pas le temps, je dois aller chercher Antonin à l'école.

— Ah, Jean-Mi papa poule ! Manquait plus que ça !

11

Antonin accourt vers moi, chargé de son cartable. Il porte son blouson sous le bras et manque de se prendre les pieds dedans en me sautant au cou. Cette cascade d'amour en fin d'après-midi est une drogue irrésistible. Il a le sourire en tranche d'orange mais je me préoccupe surtout du poids du cartable. C'est là que je me sens papa, quand j'évalue ce qui pèse sur le dos de mon enfant, ce qui menace sa colonne vertébrale, ce qui le tire vers le bas. Il parle très vite, complètement excité, et me raconte sa journée.

— On est allés à la piscine, on a plongé, c'est comme tomber dans un puits, j'ai bu la tasse…

Je lui parle d'autrefois, de l'époque où j'avais son âge, lorsque je faisais la course dans l'eau avec mes frères. Je perdais à chaque fois mais ils m'ont obligé à me surpasser. Alors on y retournera ensemble, lui et moi, et je lui apprendrai à nager plus vite qu'une grenouille.

— Pour de vrai ?

— C'est promis, bonhomme !

Dans une main je porte son cartable, dans l'autre je l'emmène à la boulangerie. À voix haute, il lit tous les noms de rues et d'enseignes, fier de me montrer ses progrès en lecture. Seul le mot « pressing » lui pose problème, parce que c'est de l'anglais, et il ne comprend pas pourquoi on ne dit pas nettoyage à sec ou repassage à la vapeur. Je lui explique que c'est trop long à inscrire sur un panneau, les lettres déborderaient du cadre, elles rouleraient dans le caniveau et se perdraient dans les égouts.

— Tu sais parler anglais, toi ?

— Ça m'arrive.

— Et tu sais parler espagnol ?

— *Chorizo* et *hasta la vista* !

— Et tu sais parler chinois ?

— Bien sûr ! *Tching tchang tchoung kim koum wang.*

— Ouah ! Ça veut dire quoi ?

— Qu'il est l'heure de t'acheter un pain aux raisins.

Je lui confie une pièce de monnaie pour aller tout seul à la boulangerie, comme un grand. C'est le jour du challenge. Il se sent investi d'une mission.

— Si le pain aux raisins coûte un euro et que tu as une pièce de deux, combien va te rendre la dame ?

— Un euro ! C'est super facile !

— Alors vas-y, je te surveille. Et n'oublie pas de dire bonjour, au revoir, merci et s'il vous plaît.

Il se précipite à l'intérieur en serrant la pièce dans sa main. Un vent de nostalgie me rappelle l'époque où il avait besoin de mon aide pour attacher ses lacets. Il répétait le geste après moi jusqu'à y parvenir lui-même. On a empilé des cubes, construit des forteresses en Lego, fixé des rails de train électrique. Vivement que l'on s'attaque aux tables de multiplication et que je me remette aux racines carrées.

À travers la vitrine, je le vois tendre sa pièce à la boulangère. Elle se penche par-dessus le comptoir, émerveillée de voir un petit garçon aussi poli. C'est poétique et amusant, d'un charme suranné, comme une illustration de Sempé. Il ressort, les yeux illuminés, fier de me montrer le sachet de viennoiserie. Ça y est ! Il l'a fait ! Il court vers moi et, tout à coup, une trottinette lui coupe la route. Sa bouille de galopin s'étale sur le trottoir. Zigzaguant comme bon lui semble, le type au guidon freine et se retourne avec son bonnet péruvien sur la tête. « Oups, désolé ! » dit-il, planté devant nous en toute décontraction. Je me précipite pour aider le petit à se relever, spectateur du je-m'en-foutisme parisien. Parce que ce « Oups, désolé ! », ça n'apporte aucune réparation, ça n'appelle pas à l'indulgence, ça ne mange pas de pain. Ce sont deux mots jetés sur le bitume pour ceux qui sont prêts à les ramasser. Antonin s'essuie les mains sur son pantalon et cherche son goûter qui a roulé sur le goudron. Alors j'obéis à l'instinct paternel, sauveur et protecteur, à la pulsion animale devant sa progéniture menacée. J'attrape le type au bonnet par le col de sa veste en velours et je le plaque au sol. Surpris, il n'a opposé aucune résistance. Étalé sur le trottoir, coudes et genoux râpés, il se met à brailler :

— Mais vous êtes fou !

— Et toi, tu vas t'excuser un peu mieux que ça !

Coup de genou dans les côtes. Il pousse un cri strident. Je lui fais recracher la poussière de Paris et son incivilité. Cet abruti n'ira pas plus loin pour le moment, parce que s'il a l'audace de se relever, je me fâche vraiment. J'attrape sa trottinette par le guidon et la traîne comme une branche d'arbre morte. Si ma force l'avait permis, je l'aurais tordue. Espérant la fracasser, je la jette dans le caniveau. Le type reste cloué sur l'asphalte, pétrifié par ma montée d'adrénaline. Il bégaie de plates excuses.

— Répète, je n'ai pas entendu.

— Je m'excuse.

— Plus fort je te dis !

— Pardon, pardon !

— Et que je ne te reprenne pas à rouler sur le trottoir avec ta trottinette de merde !

Il se fait discret jusqu'à disparaître sous son bonnet péruvien. Ma colère se tasse mais ne répare pas les choses. Derrière moi, Antonin fait la grimace. Qu'est-ce qui se passe, bonhomme ? Il se tient la main gauche, la porte comme un oiseau blessé et se plaint d'avoir mal au poignet. Je n'ose pas le toucher, de peur d'exacerber la douleur, alors qu'est-ce que je peux faire ? Des passants me disent de filer à l'hôpital, de faire une radio pour être certain qu'il n'y a rien de grave. Ils parlent tous en même temps, râlent après les trottinettes et la municipalité qui autorise ces engins. Et dans la cacophonie, j'entends : « Voilà où va le monde ! » Je repère une pharmacie à l'angle de la rue, mais elle ne sera d'aucune utilité. On me vendra une pommade et on me renverra vers un spécialiste. Autant gagner du temps et agir avec les moyens du bord. Sur l'appli de mon iPhone, je commande un taxi. Le chauffeur arrive au bout de quelques minutes, plus vite qu'un camion de pompiers. J'emporte le gosse et le cartable, et on saute dans la voiture, direction les urgences pédiatriques, en évitant les rues encombrées par les camions des éboueurs. Antonin retient ses larmes mais gémit sur la banquette arrière. Je me sens incapable de l'apaiser alors je le console avec des mots bien futiles. « Ça va aller, bonhomme, on arrive bientôt, courage ! » Le problème est que je ne me résous pas à la futilité avec lui. Sa douleur me déchire à l'intérieur, jusqu'aux tripes.

Ce que n'a pas dû comprendre le type à trottinette, qui est resté par terre à côté du pain aux raisins, c'est que si tu bouscules mon enfant, tu t'en prends à moi.

12

Une légère entorse, un simple étirement du ligament. Ça fait peur sur l'instant mais il n'y a pas mort d'homme. L'interne qui s'est occupé de nous a montré la radio à Antonin et lui a expliqué le mécanisme de la main. Il a passé une crème anti-inflammatoire sur son poignet, posé une attelle souple ajustable grâce à une bande Velcro. Le petit avait l'impression de vivre une aventure extraordinaire qui ferait sensation le lendemain à l'école. Compte tenu de son accident, il m'a demandé s'il était possible de manger de la glace à la noix de coco. Forcément, j'ai accepté. Et des crêpes aussi, il a ajouté. Je n'allais pas refuser, mais on aviserait ce week-end avec sa mère. Et de la mousse au chocolat ? Là, j'ai répondu qu'il ne fallait pas exagérer. C'est juste une entorse légère, pas une double fracture.

Tu nous as rejoints à la sortie des urgences, inquiète malgré mon coup de fil qui se voulait rassurant. Tu retrouvais tes hommes en forme malgré le choc, tu avais le droit de souffler. Ton premier réflexe fut d'embrasser ton fils et de le serrer fort contre toi. Les bobos de la vie apprennent à devenir grand, dès lors Antonin franchissait un nouveau pas. Il t'a raconté comment j'avais mis une dérouillée au type à trottinette, que j'étais le plus fort, invincible comme Iron Man. La vérité sort toujours de la bouche des enfants, donc l'idée d'être son super-héros préféré me convenait à merveille. On allait repasser le film dimanche en mangeant des crêpes. Tu le tenais par sa main valide, tu n'avais plus envie de la lâcher. Nous avons repris un taxi en sens inverse pour rentrer. Comme il était déjà tard, on s'est arrêtés dans une brasserie de quartier pour dîner. J'ai pris soin de vérifier qu'il y avait de la glace à la noix de coco au dessert.

Plus tard, dans la chambre tapissée de nuages, je lis à Antonin le conte des *Trois Brigands*. Il connaît l'histoire par cœur, mais il aime bien que je lui fasse la lecture. Il me dit que maman, lui et moi, nous sommes les trois brigands, et comme eux, on devrait s'acheter un magnifique château et y vivre avec plein d'enfants. Bonne idée, je lui réponds, avec un clin d'œil de papa cool. Il m'ouvre grand ses bras pour le câlin du soir et j'inspire son odeur de miel mêlée d'innocence. Cette petite drogue douce.

Tu nous rejoins à ce moment-là pour réclamer ta part d'amour. Tu flottes dans une chemise d'homme, une chemise qui m'a appartenu autrefois et dont tu te sers comme liquette. Je prends Antonin à témoin pour te dire combien tu es belle avec cette chevelure dorée. À ton tour, tu l'embrasses en lui souhaitant bonne nuit. Aucune merveille du monde ne rivaliserait face à ce spectacle. Le Taj Mahal aurait la couleur d'un décor en carton-pâte à côté de vous. Tu soulèves le drap pour faire semblant de chercher un insecte au fond de son lit et ta main remonte le long de sa jambe jusqu'à lui chatouiller le nombril. Notre vie devrait ressembler chaque jour à cet instant,

Marylène. De la douceur, des rires d'enfants, des nuages blancs flottant sur la tapisserie. Nous sommes les trois brigands dans la chambre, le plus jeune commence à fermer les yeux, et les deux autres sortent à reculons. Et comme tous les soirs, c'est toi qui éteins la lumière, laissant les étoiles fluorescentes au plafond veiller sur son sommeil.

Je t'enlace, si proche et pourtant si distante, pendant que tu te démaquilles dans la salle de bains. Mon souffle chaud sur ta nuque t'invite à l'amour. Tu rejettes ma douce intention d'un coup d'épaule. Tu me dis « pas ce soir ! », tu me dis « c'est pas le moment ! ». Tu répètes que tu n'aimes pas ce quartier, le voisinage est douteux, la prostitution se répand sur le boulevard, le trafic de drogue perdure dans les ruelles. Il faut être aveugle pour ne rien remarquer. Tu me rebats les oreilles avec ton enfance dorée à La Rochelle et combien tu souhaites le meilleur pour ton fils. « J'en ai marre de ce coin », dis-tu enfin. La Porte de Saint-Ouen n'a pas le raffinement de la rive gauche, pourtant c'est un quartier en pleine expansion, cool et branché, où les commerces de bouche fleurissent. En tant qu'agent immobilier, je me suis penché sur le dossier et je connais le sujet. Tu grinces des dents et boudes face au miroir. J'impute ton sale caractère à la fatigue ou à l'agacement.

— Et puis toutes ces trottinettes ! tu marmonnes.

Là, ma chérie, tu t'égares, car le problème n'est pas lié au quartier mais à l'incivilité, et tu le retrouveras dans n'importe quel arrondissement.

Tu jettes le coton démaquillant en ronchonnant.

— Tu ne pouvais pas lui tenir la main ? Qu'est-ce qui t'a pris de le laisser comme ça tout seul ?

Les reproches tombent enfin. Il fallait que tu craches ta rancœur, il fallait que ça sorte. Depuis ton arrivée aux urgences, tu ruminais tes pensées et ta façon d'aborder le sujet. Je te rappelle qu'Antonin a six ans, il est grand, je pensais bien faire en lui apprenant à s'acheter un pain aux raisins. Eh bien non ! Apparemment je me trompe. Et ça ne se discute pas. On lit dans les journaux un tas de faits divers, enfants enlevés ou fauchés sur la route, et des parents malheureux qui n'ont plus que leurs yeux pour pleurer.

— Je compte sur toi pour t'en occuper et tu l'envoies à l'hosto !

— Hé ! ho ! Je ne suis pas responsable des cons qui roulent à trottinette.

Tu montes dans les tours, celles que tu as bâties de tes propres mains, et d'en haut tu me juges. Tu m'accuses d'être négligent, imprudent, un mec dangereux.

— Et t'as besoin de fanfaronner devant lui en te faisant passer pour Iron Man ?

— Non mais tu délires complètement, ma chérie.

— Il t'idolâtre, ce gosse, alors que tu ne fais que des conneries.

— Tais-toi, tu me fatigues !

— Et si une voiture lui avait foncé dessus ?

— On était sur un trottoir !

— Et s'il s'était brisé la nuque ?

— Et si, et si, et si… Et si un pot de fleurs lui était tombé sur la tête ?

Là, sur-le-champ, tu me fous une beigne. Sèche, cinglante. Un bruit métallique.

Je planque ma joue derrière la paume de ma main. J'ai l'impression d'être un enfant qui a mal parlé à sa mère. Les yeux dans les yeux, on se dévisage sans parler. Tu comptes m'infliger ça encore longtemps ? Parce que ce n'est pas la première fois. Je te laisse gagner du terrain et tu en prends l'habitude. Ça tombe sans prévenir, comme la foudre alors que l'on a eu la mauvaise idée de se réfugier sous un arbre. Toi et moi, on ressemble à ces couples en péril, à ces hommes et ces femmes qui se déchirent et débarquent dans mon bureau en quête d'un nouveau logement.

Je sors de la salle de bains, tu me rattrapes dans le couloir. On se heurte sans mots, sans avertissement, juste la volonté de se faire mal. Je te plaque contre le mur, tu me flanques un coup de pied dans le tibia. Douleur vive. Dents serrées. Cri étouffé dans mes mâchoires crispées.

— T'as un problème, Marylène ! T'as besoin de te faire soigner.

Tu restes plantée là, muette et hostile. En général, quand tu montes dans les tours, tu en redescends aussi vite. Je préfère battre en retraite plutôt que de te frapper comme ces abrutis qui envoient leur femme à l'hôpital ou dans un refuge. Alors toi, pourquoi tu te défoules sur moi ? Je ne suis peut-être pas une fée du logis ni le meilleur des pères, mais ça n'excuse pas cette violence. Si j'avais envie de te parler d'amour et de sentir ton bassin trembler, tu viens de tout gâcher. L'appartement est suffisamment grand pour qu'on s'isole. Comme ces hommes et ces femmes divorcés qui se mouchent dans mon bureau, chacun va de son côté.

Je tourne en rond dans le salon, entre nos meubles aux lignes épurées et aux arêtes tranchantes. Par la fenêtre, j'aperçois un scooter qui accélère dans la rue, déchire la douceur ouatée de la nuit. Tu dis que c'est à cause du quartier, du boulot, de la fatigue, mais ce ne sont que des prétextes pour éviter d'affronter le vrai problème. C'est le bordel dans ta tête. Et il m'est impossible de vivre avec ça : la honte d'être giflé par sa femme.

Je m'affale sur le canapé. Tu me rejoins dans le salon à pas feutrés, passant de l'ombre à la lumière comme sur une scène de théâtre. Tu t'agenouilles près de moi, ta main joue avec mes cheveux dans un geste timide et innocent comme si j'étais ton premier flirt. Tu as beau vouloir te racheter, je ne suis pas enclin à te pardonner. Puis ta bouche apaise le feu sur ma joue, se balade le long de ma tempe jusqu'en haut du front. Tu dissémines suffisamment de sensualité afin que je cède, mais je résiste encore. N'insiste pas, Marylène, c'est inutile. Ton nez se frotte au mien, plein d'espièglerie, et tes lèvres s'emparent des miennes dans un jeu langoureux. Mes doigts indociles succombent à la tentation. Ils alimentent la braise et plongent dans ta chemise entrouverte. Je courtise ta poitrine, redessine la forme de tes seins, et lorsque je les caresse, j'ai l'impression que le monde m'appartient. Alors pourquoi le vent souffle dans mon cœur quand nos regards se croisent ?

13

Qu'il pleuve, qu'il vente ou qu'il neige, sœur Solange est sur l'esplanade de la Défense. Elle secoue des pièces dans sa boîte métallique en interpellant les travailleurs pour la bonne cause. Ce matin, elle a troqué le blouson contre la gabardine. Corps chétif mais volonté d'acier, elle traverse toutes les saisons et annonce le printemps dans sa tunique bleu foncé.

— Alors, ma sœur, fidèle au poste !

— Salut, Jean-Mi, t'as la pêche ?

Je glisse un euro dans sa boîte. Elle plisse les yeux en m'offrant un large sourire.

— L'humanité te remercie pour ton geste.

— Dites-moi, vous n'avez jamais été déçue par Dieu ?

— Drôle de question !

— Quand on voit ces guerres, ces attentats, ces injustices, vous gardez la foi ? Vous pensez vraiment qu'il y a quelqu'un là-haut ?

— M'enfin, mon garçon, Dieu est partout ! En chacun de nous. J'ai des doutes et des pleurs de souffrance, bien sûr, je me sens impuissante devant la détresse des gens, mais je crois en l'être humain, et je suis convaincue de sa bonne volonté.

— Vous qui êtes dévouée à Dieu, vous n'avez pas l'impression qu'il vous trahit parfois, qu'il joue un double jeu ?

— Pourquoi tu me demandes ça, mon garçon ?

— Je voulais savoir comment vous réagissez quand la personne que vous aimez vous contrarie.

— Tant que je respire, je garde la foi.

Cœur battant, elle n'en démord pas. Elle aime son prochain et diffuse la joie dans ce quartier aride et austère, hermétique aux sentiments. Garder l'espoir en des jours meilleurs est un sport de tous les jours.

— C'est ta femme qui te cause encore des tracas ?

— Non… enfin, oui.

— Ça ne s'arrange pas ?

— Elle est nerveuse, colérique, imprévisible. Parfois je ne la reconnais plus.

— Les femmes ont une énorme charge mentale, entre le boulot, les enfants et les tâches domestiques, c'est épuisant ! Et toi, Jean-Mi, est-ce que tu prends les choses en main ?

— Je fais de mon mieux pour l'aider avec le petit, mais j'ai l'impression de ne pas être à la hauteur.

— Elle te le reproche ?

— Ça lui arrive… elle se fâche… elle…

Sœur Solange m'écoute attentivement mais je n'ose pas en dire davantage. Comment réagirait-elle en sachant que j'ai été giflé par ma femme ? Un grand gaillard comme moi, tapé contre les étagères, frappé à coups de pied. Est-ce qu'elle se mordrait la joue pour ne pas rire ? Je sais bien qu'il n'y a pas de jeu de séduction entre nous, qu'elle ne sonde pas ma virilité, mais c'est gênant d'être tabassé par une femme. Honteux et humiliant, surprenant par rapport aux faits divers qui s'affichent dans les journaux, où la femme est victime et l'homme bourreau. Sœur Solange respecte mon silence, lourd de mes inquiétudes sur ma vie de couple – j'ai l'impression de me confier à une psychothérapeute ou une présentatrice de talk-show.

— Parle avec elle, mon garçon. Ça vaut le coup de s'aimer dans cette époque extraordinaire qui a vu la libération de la femme, l'intérêt porté à l'enfant, des actions humanitaires incroyables, et grâce à Internet on accède à un puits de science, c'est passionnant ! Ça vaut la peine de vivre !

Elle lève les bras au ciel en secouant les pièces de monnaie dans sa boîte. On dirait une incantation chamanique destinée à propager une pandémie d'amour. J'inspire ses paroles, en espérant qu'elles soient aussi bénéfiques et planantes qu'une bouffée de cannabis. D'une paume de main largement ouverte, je la salue à la militaire, comme lorsqu'on croise un colonel d'armée. Nous nous reverrons bientôt. « Courage, noble enfant, me dit-elle, c'est ainsi que l'on s'élève vers les étoiles. »

Cette nonne a fumé.

J'aurais voulu qu'elle dise vrai, que ma seule bonne volonté m'entraîne haut. Je n'ai pas quitté terre de la journée ni remarqué la couleur du ciel, à force de courir de Paris à la proche banlieue pour des visites d'appartements. Il faut composer avec les acheteurs indécis et ceux qui n'ont plus le budget, qui viennent se moucher sur mon épaule parce que la banque ne leur accorde pas de crédit. Sans parler des courtiers d'assurances qui ne répondent pas au téléphone, des diagnostiqueurs qui tardent à délivrer les informations. J'en ai marre de discuter d'amiante, de plomb, de termites ou de compteur électrique.

En empruntant la voie piétonne qui me ramène à l'agence, je repense à mes rêves. Ils sont lointains et diffus. Je n'ai jamais envisagé d'être footballeur ni rock star. Mon père répétait que l'argent ne fait pas le bonheur, seul l'honneur forge la valeur d'un homme. Je suis entré dans l'immobilier comme on entre en religion, avec la mission de porter assistance à mon prochain, de lui trouver un abri. Mon manager m'a montré comment gagner de l'argent et je lui ai emboîté le pas, cependant mon désir profond était d'être libre. Or je ne le suis pas. Je suis dépendant de ce fric, de l'odeur du pognon, de ce train de vie dans lequel on s'est installés, qui me donne l'illusion de la performance et de la sécurité. Ce que je voulais avant tout, c'était parcourir le monde, planter des arbres, soigner la patte d'un chat blessé, me lever le matin sans comptes à rendre ni bleus à l'âme. Une part de rêve assez basique. Je m'en veux d'être passé à côté.

Sur l'allée arborée, devant le kiosque à journaux, j'aperçois Édouard dans son pardessus beige. Il ressemble à un politicien en campagne électorale, venu serrer la main des habitants du quartier. Il discute avec une dame âgée qui a les cheveux fraîchement ombrés de teinture violette. Elle pourrait être sa mère, si seulement il ne lui offrait pas sa carte professionnelle en prenant congé. La dame est guillerette, sous le joug de son regard bleu azur. Elle doit le trouver bel homme. Piqué par la curiosité, je m'avance à leur rencontre. Surpris de me croiser sur son terrain de chasse, mon manager se balance d'un pied sur l'autre. Toutefois, il garde cet air suffisant de négociateur cinq étoiles qui se prépare à sortir son cigare de la poche.

— Mon p'tit Jean-Mi ! Te voilà sur ma route...

J'arrive, tel un chien dans un jeu de quilles, au moment où la dame le remercie de ses services et lui assure l'exclusivité de la vente. Elle me salue poliment et s'en va faire ses courses avec son caddie. Édouard claque les talons de ses mocassins en cuir, signal d'une transaction en perspective. En me retournant vers sa cliente aux cheveux violets, je reconnais les méthodes immorales et sans scrupule d'Édouard. Il a dû la convaincre de vendre son appartement et de s'installer ailleurs, dans une résidence pour seniors au service du bien-vieillir, avec visite à domicile et bilan gériatrique, un lieu boisé idéal pour la marche quotidienne. Devant son regard bleu magnétique qui rappelle celui d'Alain Delon, la mamie s'est liquéfiée et lui a promis de signer ce qu'il veut.

— Les dames âgées font partie de tes bons plans ?

Il a un petit rire forcé et me tapote l'épaule.

— Celle-ci va nous rapporter un paquet de fric.

Le sourcil dressé, je reste perplexe. Il semblerait que j'aie mis le doigt sur une sale combine. Édouard ne s'intéresse pas seulement aux divorcés dépressifs, mais également aux grands-mères hypnotisées par son charme de vieil antiquaire. Je me pose des questions sur l'âge de sa cliente et l'état de ses neurones. Si je pouvais la rattraper et estimer son appartement, je suis persuadé qu'il a été sous-évalué. L'affaire sera vite réglée et mon manager touchera de larges honoraires. Édouard est prêt à tout pour se frotter les aisselles avec des billets de banque.

Je le fixe droit dans les yeux. Il sait que je sais.

14

Comment vont mes vieux ?

Depuis quelque temps, ma mère a organisé ses journées en fonction du programme télé. Désormais, elle se rend à la maison de retraite en fin de matinée, afin de rentrer à l'heure pour suivre son feuilleton. Elle m'a proposé de la rejoindre dans la chambre de mon père : « Ça lui ferait plaisir de te voir. » Elle l'aide à manger et soulage ainsi le personnel soignant débordé. Il n'a pas toujours les yeux ouverts, parfois il dort longtemps. On ne sait jamais s'il va se réveiller et manifester une réaction de joie. Il me faut du courage pour franchir la porte de cet établissement et voir mon père dans cet état. La maison de retraite est une écluse où les vieillards barbotent dans leur pisse en attendant la mort tranquillement.

Je m'y suis rendu à la pause déjeuner.

Côté fenêtre, je termine mon sandwich au poulet pendant que ma mère nourrit mon père à la petite cuillère. Elle lui crie à l'oreille :

— Tu as vu qui est là ? C'est Mimi !

Il me scrute bizarrement en avalant sa purée de carottes. Je crois qu'il ne me reconnaît pas. Amaigri, recouvert d'un drap blanc, on dirait un petit fantôme tout mou. L'inquiétude se lit sur ses traits. Ma présence peut-être, ou cette purée qu'il digère mal. « Ton père mange avec difficulté », m'explique ma mère d'un air las. Je l'observe avec un sentiment de pitié. Lui qui était un homme de terrain, intrépide et dégourdi, doit détester être enfermé dans ce corps flapi. Chacune de mes visites me semble la dernière. Je le dévisage en me répétant : *On est bien peu de chose.* Je pense : *Mon pauvre papa.*

Toi, Marylène, tu ne verras jamais tes parents vieillir. Ils sont partis, un soir d'hiver, sur une route de Charente-Maritime. Tu ne seras pas le triste témoin de leur décrépitude. Je m'arrange pour venir seul car tu ne veux pas assister à ce spectacle sinistre, encore moins l'offrir à ton fils. Il est trop jeune pour être confronté à la mort. Tant qu'il n'a pas vu *Bambi* à la télé, et ce moment déchirant où la mère du faon est tuée par un chasseur, il n'est pas assez mature pour l'appréhender. La mort plane dans la chambre et nargue mon père avec sa faux. Il s'accroche à la vie grâce à la petite cuillère que lui tend ma mère.

— Tu ne veux pas le faire manger ? Moi, j'ai l'épaule qui flanche.

En bon fils compatissant, je la remplace mais il n'est pas content de la voir passer le relais. Les plis de son visage renforcent sa mine grincheuse.

— Ok, on y va, papa. Ouvre la bouche.

Je suis paniqué à l'idée de mal agir, de ne pas lui donner assez de purée ou trop au contraire. On est rarement préparé à nourrir ses parents comme des bébés. Mon père y met de la mauvaise volonté, alors je force le passage. À la guerre comme à la guerre. Il en recrache la moitié. De la purée se colle à son menton.

— Fais attention ! Tu vas l'étouffer comme ça !

Ma mère s'affole dans mon dos. Elle attrape des mouchoirs en papier pour lui essuyer les contours de la bouche. Papa s'est transformé en nouveau-né. Manger cette bouillie orange en un temps raisonnable est son défi du jour. Nous reprenons à un rythme plus modéré. Je dépose la cuillère sur sa langue molle. Il mâche en soufflant fort par le nez.

— T'es content ? C'est Mimi qui te fait manger.

Elle continue de lui parler comme si c'était un jour de fête, comme s'il pouvait répondre en débouchant une bouteille de merlot. Les infirmiers lui ont conseillé d'entretenir la discussion, le son de sa voix le tient en éveil. Alors elle lui raconte un tas de choses qui ne doivent pas l'intéresser mais qui lui donnent l'impression de faire partie des vivants. Elle passe en revue les commérages du quartier, les rendez-vous chez la coiffeuse, l'augmentation de la taxe foncière. Et mon père n'a pas d'autre choix que de l'écouter. Il ne peut ni protester ni faire aucun mouvement. Je suis certain qu'au fond de lui, il rêve qu'elle lui foute la paix.

Il a souvent été sévère avec mes frères et moi, strict et sans complaisance. Une éducation militaire qui ne laisse pas de place à la grasse matinée. Quand Jean-Bernard et Jean-Luc ont refusé d'entrer dans l'armée et de se construire sur son modèle, son orgueil d'adjudant-chef en a été contrarié. Il les a traités de bons à rien, d'assistés, de futurs syndicalistes payés à ne rien foutre. Alors, tous ses espoirs se sont tournés vers moi. Je revois la noirceur de son regard, le jour où je me suis rebellé contre l'ordre établi en refusant à mon tour d'enfiler le treillis. Je désavouais ses principes et son engagement. « Et tu vas faire quoi de ta vie ? » Un adolescent n'a pas forcément un plan de carrière bien défini. À seize ans, je voulais surfer sur la côte atlantique, ramasser les déchets plastique, parcourir la vallée de Chevreuse et retirer des tiques aux hérissons. « Une lopette, voilà ce que tu vas devenir ! »

Ce jour-là, j'aurais dû lui mettre un coup de boule.

Tandis que je lui enfonce la cuillère dans la bouche, un autre souvenir ressurgit. Quand j'avais huit ans, après un mauvais rêve, je me suis réveillé avec le pyjama souillé d'urine. Il m'a traîné par les cheveux jusque dans le jardin en hurlant : « Les pisseurs, ça dort dehors ! » Il a interdit à ma mère de s'approcher de moi et m'a exposé aux regards des voisins. Mon cauchemar avait disparu mais un autre commençait. Les enfants du quartier passaient à vélo et me pointaient du doigt, moqueurs et sans pitié. Ses méthodes d'éducation relevaient plutôt du dressage. Je suppose qu'il avait subi les mêmes dans son enfance, à cause de mon grand-père, maître-chien dans l'armée de terre. Je n'ai jamais vraiment parlé avec mon vieux, ni échangé de propos sur les sentiments ou la place de l'homme sur la planète. À quoi bon établir le dialogue ?

Je racle le fond de l'assiette tandis qu'il s'efforce d'ouvrir la bouche. Je ne peux m'empêcher de ressentir une pointe de plaisir sadique à le voir affaibli, en difficulté, dépendant de ma grandeur d'âme. Désormais, c'est lui qui se pisse dessus. Et soudain, ma mère pose ses deux mains sur mes épaules.

— Au fait, comment va Marylène ?

Je réponds de façon succincte. Tout le monde va bien, le petit grandit, on projette des vacances. Je reste proche de la vérité, pas besoin d'épiloguer. Maman et moi, on surveille papa en train de mâcher sa purée.

15

Chaque jeudi soir est un défouloir. Le passage à l'heure d'été permet de jouer au rugby plus longtemps, il retarde l'obscurité et l'humidité sur le terrain. Alban est le capitaine de l'équipe, le meneur, celui qui nous a sortis des bureaux pour nous réunir sur le stade. Courtaud mais balaise, il se positionne en première ligne lors du match de fin d'entraînement. On est toujours contents de l'avoir dans notre camp, nous les gaillards de la Défense : assureurs, banquiers, ou contrôleurs de gestion. On n'est pas des bureaucrates de salon, on mouille le maillot, on bouffe du gazon, on botte en touche. Les crampons aux pieds, je retrouve ma fougue d'ado, quand je jouais en cadet au stade de Clichy. Je me sens fort dans mes os et mes muscles, j'ai juste vingt ans de plus. Après une belle percée en avant, la passe du demi de mêlée, je récupère le ballon et cours vers la ligne de but. Mon moteur s'emballe, mes jambes sont puissantes. Je déchire la pelouse en marquant un nouvel essai.

Si tu avais été dans les gradins, Marylène, m'aurais-tu applaudi ?

J'ai gardé la même ferveur tout le reste de la partie, esquivant les copains, rattrapant le ballon dans la boue. Mon short porte les traces de mes exploits. Allongé dans l'herbe, en sueur, je reprends mon souffle sous un ciel orangé. Alban me soulève avec une force de déménageur et me colle la main au cul.

— Bravo, gros !

On se serre dans les bras avant de retourner aux vestiaires, couverts de terre jusqu'aux oreilles. Sous la douche, je soigne mes blessures au savon. Personne ne me demande d'où vient cette écorchure au tibia ou cette éraflure sur ma joue. Tout le monde sait que le rugby comporte des risques, on n'en sort jamais indemne. Ce sport est mon implacable alibi. Les copains peuvent garantir que je suis loin d'être une mauviette. Ils m'ont ramassé sur le terrain avec une déchirure musculaire, une luxation de l'épaule, ou un retournement de doigt. Rien ne m'a anéanti. J'ai été à bonne école, grâce à mon père qui m'a élevé à la dure, me préparant chaque jour aux imprévus du bivouac. Mes frères et moi n'avions pas le droit de nous plaindre, même à cause d'une piqûre de guêpe. Chialer, c'est pour les filles ; les garçons, ça ne pleure pas, ça joue à la bagarre, ça serre les dents, ça endure les coups sans rien dire. On leur apprend la violence, on les éduque à être virils, on les transforme en machines de guerre. Un garçon affronte le danger, il ne se laisse pas effaroucher, encore moins par une fille. Si je raconte aux potes les paires de baffes que j'ai subies à la maison, ils n'y croiront pas. Le temps d'un doute, ils se tordront de rire sous la douche en me jetant la savonnette.

D'habitude, à la sortie du stade, on mange un bon kebab et des frites grasses. J'adore quand les oignons dégringolent du sandwich. La gargote de Momo nous garantit de la bière fraîche qui coule à flots, et la première tournée est toujours pour le patron. C'est le rituel entre copains du jeudi soir, personne ne doit y déroger sous peine d'être hué. En conséquence, les gars prennent mal que je leur fasse faux bond ce soir.

— Désolé, Marylène m'attend…

— Sans déconner, tu crains, Jean-Mi !

Ils me charrient, certains me font la bouche en cœur, d'autres miment une sodomie sur le trottoir. On me demande qui porte la culotte à la maison. Je garde une certaine contenance, la posture immobile du lion qui surveille son territoire. Alban vient à mon secours pour calmer la troupe.

— Foutez-lui la paix, il veut tirer sa crampe.

Et j'ai droit à une réplique poétique, à la rime enjouée, qui ne s'inscrit dans aucune strophe :

— Ho ho ! Marylène ! Viens que je te prenne !

Si seulement c'était une affaire de sexe. Tu ne supportes plus mes soirées rugby, la solidarité entre mecs, l'odeur de bière et de friture. Ce qui était valable à une époque ne l'est plus aujourd'hui. Stop à cette débauche de testostérone. Tu me reproches de papillonner à la nuit tombée, d'oublier qu'une femme et un enfant m'attendent à la maison. Il faudrait que je reste posé dans un coin comme un objet décoratif, à ta disposition. Autour de moi, les gars s'agitent et insistent lourdement. Je n'ose pas leur dire que je cherche à éviter une nouvelle dispute, que je dois t'obéir, sinon ils auraient pitié. Et la pitié, c'est pire qu'une gifle.

— Jean-Mi, avec nous ! Jean-Mi, avec nous !

Comment résister à l'appel du kebab ? Je ne suis ni faible ni lâche, mais trop influençable et marqué au fer rouge par la peur de décevoir. Quand on grandit dans l'ombre de ses grands frères, envieux de leurs jeux d'ados, on s'empresse de remporter tous les défis pour être à leur niveau. On joue les durs à cuire, on s'oppose à la loi et à l'autorité. On est capable des pires conneries pour impressionner la galerie. À l'âge adulte, l'histoire se répète sans fin : mon cœur dit oui, ma tête dit non. Je m'embourbe sur le trottoir. C'est toi, Marylène, le juge de l'application des peines, et je m'apprête à te faire un doigt d'honneur.

— Viens, Jean-Mi ! Fais pas ta mijaurée !

Il m'est difficile de renoncer à la tradition du jeudi soir, alors je me laisse entraîner chez Momo. Je veux surtout leur montrer que c'est moi qui porte la culotte, que je suis libre de faire ce que je veux, que ma gonzesse a intérêt à fermer son clapet, même si je surveille ma montre, histoire de rentrer avant minuit.

Chacun a payé sa tournée de bières avec une bonne raison de trinquer : un nouveau job, un déménagement, et Alban qui est désormais papa. La soirée s'est prolongée malgré moi, si bien que j'ai accéléré le pas pour prendre le dernier métro.

Dès que j'ai franchi la porte de l'appartement, j'ai senti le poids du silence. Je me suis déchaussé et aventuré à tâtons. Dans son lit, Antonin ronfle la bouche ouverte, les bras écartés, un pied en dehors de la couette. Je le remets au chaud. Un baiser sur le front.

Sous la porte de notre chambre, un rai de lumière m'indique que tu ne dors pas encore. Je passe la tête dans l'entrebâillement. Tu lis tranquillement, allongée sur le lit, en débardeur et bas de pyjama gris.

— Désolé, je me suis un peu éternisé.

Tu ne réponds pas, concentrée sur ta lecture. Je me déshabille et plie mon pantalon sur la chaise. Je m'approche lentement, la démarche du matador qui rentre le ventre. Les poils de mon torse forment une vigne ébouriffée.

Si je suis aventureux, Marylène, laisse-moi t'échauffer les sens. Si je suis stupide, laisse-moi aller jusqu'au bout de ma bêtise. Tu es d'un calme olympien, telle une nymphe sortie des eaux se reposant sur un drap immaculé. Une de tes mains soutient ta tête, l'autre tourne les pages du livre. La lampe de chevet éclaire les courbes de ton bassin et la pâleur de ton épaule dénudée. Je me risque à y déposer ma bouche. Tu prends un air de dégoût. Mon romantisme est malvenu.

— Tu pues la bière !

Je respire mon haleine dans le creux de ma main.

— Désolé, on a un peu bu avec les gars.

— Et alors ? C'est plus important que d'être ici avec nous ?

— Non… mais… après le match…

Sans me laisser le temps de finir ma phrase, tu me donnes un coup de pied dans le ventre.

— C'est bon, Marylène, faut arrêter, là…

— Je t'attends depuis tout à l'heure et tu préfères traîner avec tes potes ?

— Tu sais comment ça se passe, on se marrait bien…

Toi, en revanche, tu n'as pas envie de rire. Tu te redresses sur le lit, et d'une main, tu me tires par les cheveux pour me gifler de l'autre. Je gueule :

— Ça suffit, Marylène !

C'est à croire que tu as calculé ton coup, visualisé le geste dans ta tête pour fracasser la mienne. Je t'attrape par les poignets. Je te secoue. Je te prie de te calmer.

— T'es cinglée ?

— Répète ça !

Et bam ! Un coup de genou dans les testicules. Franc et radical. Je me plie de douleur sur le lit en étranglant un cri. Si mes copains du rugby assistaient au spectacle, ils rigoleraient en décapsulant des bières. Tu reviens à la charge en me flanquant des coups de poing. Les os pointus de tes phalanges rebondissent contre mon visage, tes bagues y laissent des griffures. Je ne suis qu'un tas de viande imbibée d'alcool à mettre en charpie. Faut que tu me cognes, faut que tu m'écrases, ton cœur de boxeuse bat sous tes ongles vernis. En me débattant, j'attrape ta cuisse et te culbute sur le matelas. Sur le terrain, j'en ai plaqué des plus balaises, j'ai la chance que tu sois moins lourde qu'un rugbyman. Après ce roulé-boulé, j'ai le choix de te foutre une branlée ou de m'enfuir. Notre chambre n'est plus le repaire de l'amour mais un ring de catch. La lumière tamisée n'invite pas à la rêverie, mais tu vois, Marylène, même si je sens la violence monter en moi, j'ai la force de la stopper net. N'empêche que tu n'en as pas fini avec moi. Une gifle, puis une autre. La mécanique tourne à plein régime. Une tornade s'abat dans la chambre, elle porte ton nom et elle a soif de destruction. Alors je te repousse contre le lit et je me sauve dans le salon. Tu me cours après autour de la table basse. Dans la pénombre, je vois la haine briller dans l'eau de tes yeux. Il n'y a aucun espace pour le dialogue, quelques secondes pour rétablir ton humanité.

— Non mais t'es conne ou quoi ?
— Qu'est-ce que t'as dit là ?
— C'était juste une soirée entre potes.
— Tu pues, connard !

Le cendrier en terre cuite est à portée de main, tu le saisis et me le jettes à la figure. Le fracas est redoutable. Je ne suis pas assez résistant pour ravaler un cri aigu. Recroquevillé sur le canapé, aveuglé par un voile poisseux, je m'essuie l'œil d'un revers de la main. Du rouge vermillon coule entre mes doigts.

— Merde ! Je saigne.

Tu m'as frappé avec le cadeau de ton fils fabriqué pour la fête des Mères. L'arme du crime provient d'une innocente personne. Dans ton bas de pyjama, tu as l'air d'une lolita cruelle et impulsive, reprenant son souffle, sidérée devant l'étendue des dégâts.

— Aide-moi, Marylène ! Reste pas plantée là !

Je ne sais pas si je m'adresse à un mur, si le volcan s'est éteint, si tu es en mesure de comprendre la situation. C'est à croire que tu aimerais m'entendre gémir comme la princesse au petit pois, mais je ne suis pas une princesse, je suis un homme.

Ton homme.

Prise de remords, tu réagis le temps d'un aller-retour à la cuisine. Tu me rapportes un vieux torchon pour éponger le sang.

16

Personne ne doit savoir. Ni les voisins, ni les collègues de l'agence, encore moins les copains du rugby. Dans notre société, on ne peut imaginer qu'un homme se laisse battre par une femme. C'est incompréhensible, pathétique. À la limite, risible.

Je marche sous la pluie, le torchon plaqué sur mon œil. Tu es restée chez nous auprès d'Antonin, et ça t'arrange bien. Si tu m'avais accompagné à l'hôpital, entre les brancards et les perfusions, tu aurais dû faire face à la réalité. Ton agressivité est devenue intolérable. Je traverse la nuit en passant de la brûlure au froid, sous des réverbères qui braquent leur lumière sur moi. L'écœurement est monté d'un coup. Je vomis dans le caniveau. Au passage, une voiture manque de m'éclabousser.

Sur le banc des urgences, j'ai l'air d'un chien mouillé. Les blessés et les accidentés dans la salle d'attente n'osent pas se regarder et sonder la souffrance de l'autre. On écoute nos respirations haletantes, nos corps gémir, nos battements de cœur s'affaiblir.

Entre nous, Marylène, tout devient prétexte à une dispute dont tu sors gagnante. Jamais tu ne baisses les bras. Tu obéis à tes pulsions sans l'ombre d'une hésitation. Et je me sens incapable de lever la main sur toi, parce que ce serait d'une grande lâcheté, parce qu'un homme, ça ne frappe pas une femme. On apprend aux petits garçons à encaisser les coups dans la cour de l'école. Ils jouent à la guerre des boutons, aux chevaliers de la Table ronde, à Batman contre Superman, tandis que les filles se coiffent, s'endorment et attendent le baiser du prince. On nous congèle bien avec ces idées. Rien ne justifie qu'elles leur balancent un cendrier à la gueule si ce n'est pas le bon soir. Les petits garçons, ça ne pleure pas, et surtout ça ne tape pas les filles. Mais quand l'inverse se produit, ils sont complètement désarçonnés et ahuris. Des imbéciles malheureux. Ils sont obligés de subir ou de fuir dans la nuit.

Après deux heures d'attente, on me recoud l'arcade sourcilière. Malgré l'anesthésie locale, je me suis cramponné aux barreaux de la chaise quand l'aiguille a traversé ma peau. Cinq points de suture, ce n'est pas rien quand même. L'infirmière jette le torchon ensanglanté à la poubelle et retire ses gants chirurgicaux. Elle a des formes girondes, une poitrine opulente dans sa blouse trop serrée, et quand elle se penche sur mon visage, elle sent bon la fleur d'oranger.

— Comment vous vous êtes fait ça ?

— Au rugby.

— Vous vous entraînez si tard ?

— Non, en fait… je suis tombé de vélo.

— Ah ! C'est ballot !

J'aime bien cette façon qu'elle a de prononcer « C'est ballot », une phrase légère comme une bulle de savon, qui vole dans les airs sans savoir où elle va éclater.

L'infirmière est bienveillante et guillerette, presque érotique dans sa tenue de travail. Il m'est impossible de lui raconter comment ma femme de cinquante kilos m'a cartonné, alors que j'en pèse quatre-vingt-cinq. C'est absurde. Inimaginable. Ce n'est pas dans la logique des choses.

— Ok, ce n'est pas jojo mais ça vous va bien. Et puis les femmes raffolent d'un homme un peu *bad boy*.

Je crois en l'infirmière, en ses propos optimistes. Elle retient mon menton entre ses doigts pour observer ma blessure de près. Elle a une mouche au coin de la bouche, des lèvres peintes d'un rose nacré.

— Ne vous inquiétez pas, ça va vite cicatriser, c'est du fil résorbable.

— Merci beaucoup. Merci d'être là… Merci de prendre soin de moi.

Je lui réponds en ressentant une infinie gratitude pour le corps médical, qui a mieux à faire que de recoudre les sourcils des hommes maladroits, ceux qui n'esquivent pas les cendriers en terre cuite lancés par leurs femmes.

— Je peux m'en aller maintenant ?

— Bah oui ! Et faites attention sur votre vélo, ha ha !

Elle glousse. Ce petit rire me renvoie à la légèreté, à la simplicité, au bonheur d'être ensemble. J'ai envie de la serrer dans mes bras et d'inhaler son parfum derrière l'oreille. Il me manque l'insouciance.

— Au revoir, à bientôt, madame…

— Je ne vous le souhaite pas ! Ha ha !

Elle glousse encore et ça me fait du bien.

À mon retour, tu dors déjà. La douleur à l'arcade sourcilière me paraît dérisoire, comparée à la boule de pus qui grossit dans mon estomac. J'hésite à déplier le canapé dans le salon. C'est peut-être ma meilleure place désormais. Je ne veux pas qu'Antonin me surprenne demain matin et comprenne qu'il y a un problème. À la question « Pourquoi tu ne dors pas avec maman ? », je ne saurais pas quoi répondre. Je ne veux pas qu'il sache que tu t'es défoulée sur moi. Je ne veux pas qu'il t'imagine dans le rôle du bourreau et moi de la victime.

Comme on remonte à cheval après une chute, je m'approche de la chambre. Dans notre lit, tu es couchée en chien de fusil, paisible et innocente. Une femme fragile. J'en ai un frisson dans la nuque. Il faut que tu me détestes vraiment pour en venir aux mains avec moi. Les mains, les poings, les genoux, les pieds, tout ce qui cogne et écrase l'autre, le meurtrit dans sa chair. La violence s'immisce dans notre couple, plus aiguë et intolérable. Ce soir, j'ai un pansement à l'œil, les stigmates de ton agressivité, une preuve que quelque chose va mal.

Je me déshabille dans l'obscurité et me glisse entre les draps, prenant soin de rester de mon côté du lit. Cette nuit, je ne saurai pas si tu as les pieds froids. Piégé dans les lacs de mon esprit, j'ai du mal à trouver le sommeil. Ton bras se pose autour de ma taille quand tu te tournes vers moi. À mon oreille, tu ronfles un peu.

17

Je faisais semblant de dormir quand tu t'es levée ce matin. J'ai entendu l'eau de la douche ruisseler sur ton corps, les pas d'Antonin dans le couloir, le grincement de la porte des toilettes. C'est un jour comme un autre, le soleil vient de se lever, on va presser des oranges et ouvrir un pot de confiture, continuer comme d'habitude.

J'enfile un peignoir et je vous rejoins dans la cuisine. Tu étales du beurre sur du pain grillé, droite sur ta chaise, impassible. Le petit est surpris de me voir avec ce pansement au-dessus de l'œil.

— Qu'est-ce qui t'est arrivé ?

— Rien de grave, bonhomme. J'ai glissé dans la salle de bains et je me suis cogné.

— T'as pas trop mal ?

— Non.

— Parce que t'es fort ?

— Voilà…

Tu te relèves pour prendre une petite cuillère et, comme s'il ne s'était rien passé hier soir, tu déposes tes lèvres chaudes sur les miennes, en évitant de croiser mon regard et de sombrer dans l'abîme de ma tristesse. Tu ignores que mon chagrin est silencieux.

Mon père répétait que la famille est un engagement, une question de principe. Alors je tiens bon, je nous fais couler du café et m'assois avec vous pour prendre le petit déjeuner. On dirait une famille heureuse dans la lignée des pubs Kinder : un papa, une maman, un enfant prodigieux. Une famille à trois, comme celle de ton enfance avant de devenir orpheline, une cellule précieuse que tu prends un malin plaisir à gâcher. Si je croyais combler un manque, aujourd'hui mes aspirations sont tièdes. Antonin nous raconte une histoire d'ours polaire sur la banquise et je pense à notre couple qui se désagrège. On écoute le petit pour éviter d'aborder les sujets qui fâchent. Parce que c'était plus qu'une claque, Marylène, c'était l'hôpital et des points de suture. Une aiguille qui s'enfonce dans la peau. De la pommade et un pansement. Une gueule de mec brisé.

Ta main se faufile sous mon peignoir pour me caresser la cuisse. Encore une façon de me demander pardon. Je me sens écartelé entre ton agressivité et ta tendresse. Comme la famille Kinder à la télé, nous avons l'air glorieux et indestructibles. Pourtant, j'ai du mal à te sourire.

Au café de la Défense, je lis mes e-mails devant la baie vitrée. Un homme me dévisage, assis sur le tabouret d'à côté. J'ai cru que c'était une vieille connaissance, un gestionnaire bancaire ou un courtier en prêt immobilier. Son œil au beurre noir lui donne l'air louche et inquiétant. Pourtant, il a l'air heureux de me trouver là. Il pointe du doigt mon arcade sourcilière.

— Alors toi aussi !

Je lui adresse un sourire gêné. Je ne me souviens ni de son visage ni de son prénom. Dans un geste de fraternité, il passe son bras autour de mes épaules.

— Faut pas se laisser faire, mec !

— Je vous demande pardon ?

— Casser du pédé, c'est grave !

J'avale mon café de travers. Donc nous en sommes là : un homme blessé est un truand ou une victime d'homophobie. De toute évidence, j'ai l'air moins coriace que Jacques Mesrine. Ce type fait erreur sur la personne, mais convaincu par son radar gay, il me raconte son agression. Cinq loubards l'ont tabassé parce qu'il tenait la main de son compagnon sous un abribus. Les insultes, les crachats, la tête qui a rebondi contre le verre.

— Faut porter plainte, mec ! Faut barrer la route aux préjugés et à la parole haineuse !

Solidaire de ce combat, j'acquiesce. Il m'adresse un clin d'œil et glisse une carte de SOS homophobie dans la poche de ma veste.

— Rejoins-nous si besoin.

Je hoche la tête une nouvelle fois, sans lui avouer que je coche les cases du gars hétérosexuel bien à l'aise dans une société hétéronormée, et pourtant je suis déchu du poste de mâle dominant. Mon agression n'est pas imputable à une meute de fachos, mais à une simple femme pesant trente kilos de moins que moi. Une adversaire brutale qui rentre dans un jean slim. Comparé au drame de cet homme, je suis dévirilisé, mou du genou, tombé du podium du sexe fort. Il me serre la main et s'en va travailler, me salue encore derrière la baie vitrée.

Tassé sur mon tabouret, je plonge mon cafard dans le gobelet de café.

Dehors, la brise chatouille les mollets des *executive women* et caresse les oreilles des *golden boys*. Je me rends d'un pas nonchalant vers mon agence, les mains dans les poches, en scrutant le ciel au-dessus des buildings. Sur l'esplanade, la voix haut perchée de sœur Solange me fait tressaillir :

— Dis donc, Jean-Mi, tu comptes passer devant moi sans dire bonjour ?

Revoilà la bonne sœur, droite dans ses baskets, en train de faire la quête, le voile noué comme un fichu autour de ses cheveux blancs. Elle a l'audace d'un révolutionnaire marxiste et la bienveillance d'un bonze birman. Derrière ses lunettes, elle écarquille les yeux en apercevant mon pansement.

— Mon Dieu ! Ça n'a pas l'air d'aller mieux.

— Disons que j'ai connu des jours meilleurs.

— Allons bon ! Tu ne jouerais pas à des jeux dangereux ?

— Des rapports de force…

Je pourrais lui raconter comment j'ai reçu un mauvais coup au rugby, ou glissé sur une serpillière. On blaguerait sur les accidents domestiques, quand les entorses rivalisent avec les fractures. On rirait en s'exclamant : « Quelle guigne ! » Je pourrais inventer n'importe quel mensonge pour détourner son attention.

Elle me sourit, alors que le sourire n'est pas un enjeu considérable entre les tours de la Défense. Ici, on se pousse dans l'escalier, on se marche dessus, on se pourrit la gueule. Sœur Solange choisit une autre forme de communication, dépourvue de violence. Chaque pli de son visage est empreint de sagesse et de bonté. C'est étrange de me retrouver face à elle car je n'ai jamais cru en Dieu. Il y a eu un moment où la féerie de la crèche n'a plus fonctionné. Une église n'a jamais été pour moi un lieu de repli où j'entame de longues prières en allumant un cierge. Pourtant, je me demande ce que j'ai fait au ciel pour en arriver là.

— Alors, mon garçon, dis-moi ce qui cloche.

— Vous ne me croirez pas.

— J'ai foi en beaucoup de choses, tu sais.

— En fait, c'est compliqué.

— Tu me prends pour une truffe ?

— Non ! Bien sûr que non, ma sœur... Je ne sais pas comment vous dire...

Face à elle, engoncé dans mon costume, je me sens comme un petit garçon perdu dans un grand corps d'homme. Sœur Solange est une femme à part, dans mon microcosme. Elle ne participe à aucun séminaire sur les stratégies de vente immobilière, elle ne fête pas la troisième mi-temps avec des rugbymen à la sortie d'un stade, elle n'interfère pas dans mes relations personnelles. Une religieuse a une vie monacale où le silence est une vertu. Je préfère la considérer comme un substitut d'assistante sociale ou de psy. Elle n'est pas un homme en compétition ni une femme guidée par la séduction. Une bonne sœur est mère de tous les enfants, elle gardera religieusement mon lourd secret. Au milieu des plus hauts gratte-ciel de France, elle attend ma confession.

J'hésite encore, scrutant autour de moi par mesure de discrétion. Je prends une grande inspiration. Et les mots montent. Vifs, tranchants. Des mots vrais que je ne peux plus contenir, qui n'ont pas de sangle. Des mots que je n'ai jamais dits à personne, sauf à moi-même, sous l'éclairage au néon de la salle de bains. Des mots qui s'échappent dans un nuage de fumée.

— Ma femme m'a tapé.

— Allons bon ! Une querelle d'amoureux sans doute ?

Je m'attendais à cette réponse. Les violences conjugales sont perçues comme des batailles de chiffons et de vaisselle cassée.

— Enfin, quand je dis tapé, je veux dire… frappé…

J'ai cru que sœur Solange allait tomber à la renverse, alors même qu'elle n'avait pas vu la Vierge Marie. Dans le brouhaha du quartier d'affaires, elle tend sa main pour toucher mon pansement, deviner les tenants et les aboutissants, réaliser l'impact.

— Et toi, mon garçon, combien de misères lui as-tu causées pour qu'elle soit aussi furibarde ?

Un ange passe au son lointain d'un moteur de tractopelle. C'était sûrement une tentative vaine de me confier à une représentante de l'Église. J'ai beau reconnaître à sœur Solange une certaine ouverture d'esprit, elle sombre dans le jugement sexiste et étriqué. À quoi pouvais-je m'attendre ? Elle consacre sa vie à Dieu tout-puissant, s'agenouille pour réciter le Notre Père, écoute le pape en boucle. Elle est envahie de figures masculines indétrônables. Comment imaginer qu'une femme puisse avoir l'ascendant sur un homme ? C'est inconcevable. Avec mon pansement au-dessus de l'œil, je suis un abruti, puni par là où j'ai péché. Il ne fallait pas causer de tort à ma bien-aimée, sinon gare au retour de bâton.

Des images de crèches géantes s'illuminent derrière sœur Solange. J'entendrais presque le son de l'angélus. Ce n'est pas la peine d'insister avec elle, la vérité est un fardeau qu'il faut porter seul. Je l'abandonne avec ses œillères et ses présomptions. Elle n'apprécie pas que je lui fausse compagnie et me rattrape par la manche.

— Tu comptes te débiner, Jean-Mi ?

— Foutez-moi la paix, ma sœur ! Allez aider les lépreux de Jakarta, moi je dois vendre des surfaces à des entreprises.

— Halte-là ! Selon saint Matthieu, « ce que vous faites aux plus petits de mes frères, c'est à moi que vous le faites ». Alors vas-y, je suis tout ouïe.

— Je suppose que vous n'avez pas connu beaucoup d'hommes dans votre vie, mais on n'est pas tous programmés pour être durs et insensibles…

— Bien sûr que non ! Il y a le dalaï-lama, Nelson Mandela, Thomas Pesquet.

Entre un moine bouddhiste, un homme d'État et un astronaute, je me fais une petite place. Elle veut tout savoir, alors je ne retiens pas mon souffle. Je lui relate ma rencontre avec Marylène dans un club de salsa, nos années d'amour tendre, avant que sa vraie nature se dévoile. La violence est apparue incolore, insidieuse, avant d'éclabousser les murs. D'abord une remarque désobligeante, ensuite des reproches au sujet de miettes laissées sur la table. Et puis un jour, les gifles, distribuées entre mes manquements et mes oublis. Je croyais que ce serait passager, que tout allait redevenir comme avant. Et plus tard un coup de pied, un cendrier lancé à la figure comme on lapide un condamné. Elle me cogne pour canaliser la tempête qui prend toute la place dans sa tête.

— Et ça lui arrive souvent ?

— Parfois… je prends sur moi… Là, j'ai fini à l'hosto.

— Mais Jean-Mi… t'es un homme battu…

Ses mots entaillent ma chair comme du silex. Je jette un œil autour de nous pour m'assurer que personne n'écoute. Un homme battu, c'est le déshonneur, mais battu par sa femme, c'est l'extrême soumission, la castration au ciseau à bois. Il perd son statut naturel de dominant, celui que la société lui a donné. Il devient une misérable victime. On le reconnaît à sa mauvaise mine et ses épaules en dedans. Il traîne les pieds au café d'en bas. Il se fraie un chemin entre ses larmes furtives.

— J'ai surtout l'impression de ne plus être un homme tout court.

— Alors dis-moi, c'est quoi un homme ?

— Je ne sais pas… un gladiateur, un champion olympique de judo, un cavalier qui surgit hors de la nuit.

— Ou un agent immobilier qui s'accorde le droit d'être sensible. La sensibilité, c'est une force, c'est elle qui nourrit ton humanité et qui te rend vivant. Tu n'es pas étranger à toi-même, tu es Jean-Mi, après tout !

Il est certain que mes copains du rugby n'auraient pas fait preuve d'autant de philosophie.

— Au-delà de la violence, le plus dur c'est la honte.

— Il n'y a pas de honte à être une victime.

— Dans ce contexte, ce n'est pas l'homme qui l'est en général.

— Tu lui as collé une baffe en retour ?

— Non, ma sœur ! Impossible. On ne frappe pas une femme.

— Donne-moi une coupe de mousseux, que je porte un toast à cette déclaration.

Plus je lui raconte ce qui se passe dans mon couple, plus sœur Solange analyse Marylène comme un cas limite de trouble caractériel. Elle me demande s'il y a des antécédents dans sa famille, sa mère ou une cousine enfermée dans un asile, or je l'ignore, je ne les ai jamais connues et elle refuse d'évoquer le sujet. Trop de souffrance. Je lui explique qu'elle est orpheline depuis vingt ans. Elle esquisse un signe de croix.

— Et elle a été placée en famille d'accueil ?

— Non. Elle s'est assumée toute seule. Elle a grandi trop vite.

— Alors c'est peut-être dû à la ménopause précoce.

Je trouve le moyen d'atténuer son diagnostic en estimant ma compagne juste surmenée. Le milieu de l'édition est sans pitié, elle ne compte pas ses heures, et elle rencontre un tas de gens toxiques.

— Par amour, il faut savoir dire stop, mon garçon.

— L'autre jour, vous disiez qu'il y a toujours moyen de réparer les choses.

— Tu ne peux pas rester comme ça.

— Et j'irai où ? Je ne vais pas retourner chez ma mère !

— Enfuis-toi ! Pars tant qu'il en est encore temps !

— Je n'y arrive pas.

— Et si jamais elle recommence ? Tu y as pensé ?

Sœur Solange n'a pas toutes les cartes en main pour décider à ma place. J'entends encore la voix de mon père répéter que la famille est un engagement. On ne déconstruit pas l'avenir en un claquement de doigts. Entre Marylène et moi, je ne veux pas dresser un mur où glissent nos ombres.

— Pourquoi tu restes avec une femme qui te bat ?

— Parce qu'on a un enfant.

— Tu obtiendras la garde alternée.

— Non, je ne crois pas…

— Il suffit de faire appel à un juge.

— Vous ne comprenez pas.

— Vas-y, Jean-Mi, accouche !

— Antonin n'est pas mon fils.

La bonne sœur regarde ses pieds, heureuse d'avoir chaussé des baskets à coussin d'air amortisseur. Ma confession sur l'esplanade de la Défense risque de s'éterniser un peu.

18

Antonin est entré dans ma vie par effraction. Je ne me rappelle pas quel jour, mais je me souviens de la sueur froide qui a parcouru mon dos. Rien ne m'avait préparé à devenir papa du jour au lendemain. Je ne songeais pas à prendre cette responsabilité, je voulais plutôt rouler ma bosse et traverser la cordillère des Andes à vélo, grimper au sommet du Kilimandjaro, descendre en canoë les fleuves de l'île de Bornéo.

Et toi, Marylène, tu as semé la pagaille dans mes projets. C'était en septembre, il y a trois ans.

Après notre rencontre dans ce club de salsa, j'attendais ton coup de fil puisque tu avais promis de m'appeler. C'est par e-mail que tu m'as invité à la séance de dédicace d'une écrivaine dont tu t'occupais. Je me suis retrouvé dans une librairie des Batignolles, avec *Autopsie d'un hold-up amoureux* dans une main, un verre de Blanc Limé dans l'autre. Tu virevoltais, en souriant à tous les amateurs de *feel good book*, et tu remarquais à peine ma présence. Je me donnais une contenance, appuyé contre une poutre, en lisant le premier chapitre d'un roman qui ne m'intéressait pas, avec cet air empreint de gravité qui confère à l'homme un charme fou. Ma stratégie a fini par fonctionner. Tu t'es approchée pour me chuchoter à l'oreille de rester encore un peu, et tu m'as demandé si on pouvait aller chez moi ensuite. J'ai senti une pointe d'excitation dans ta voix et au fond de mon slip, aussitôt enrayée par l'oubli d'avoir changé les draps.

Nous avons traversé la douceur nocturne de l'été à scooter, tes bras autour de ma taille, la lune au-dessus du boulevard des Batignolles. Dans mon appart de célibataire, à la déco provisoire et au bordel bien organisé, j'ai sorti deux bières du réfrigérateur mais nous ne les avons jamais bues. Tu t'es jetée sur moi, empressée, délicieuse. Ton baiser était vorace, avide, exquis. Tu m'as demandé d'éteindre la lumière. Je t'ai obéi volontiers.

Comme tu n'es pas restée dormir, je craignais de t'avoir déçue, que tu racontes à tes copines que je n'étais pas un coup d'enfer. La première fois, on se met toujours la pression. Je me répétais que je pourrais mieux faire. Tu as quand même répondu à mon message et nous nous sommes revus la semaine suivante. Tu m'accordais du temps à l'heure du déjeuner ou en début de soirée, toujours chez moi car c'était plus pratique. Jamais de cinéma ni d'exposition, rien de ce que font les couples en général. Tu désirais manger et faire l'amour, être rassasiée jusqu'à l'étourdissement. Malgré mon invitation à dormir ensemble, tu ne restais jamais après minuit. J'en ai conclu que j'étais juste un plan cul, qui va et vient à la demande, pour diminuer le stress et soulager la migraine. Tous les avantages du conjoint sans les inconvénients. L'idée d'être ta star du porno me convenait bien, mais pour la première fois depuis longtemps, j'avais envie d'approfondir notre relation, au moins de passer un week-end ensemble près des falaises d'Étretat ou en baie de Somme. J'ai joué le grand jeu en t'apportant un bouquet de fleurs à la sortie du bureau, des roses roses pour rendre hommage à ta beauté. Très cliché de l'amoureux transi, mais dans les romans que tu publiais, ça fonctionnait bien. Je patientais sur le trottoir d'en face, certain de changer ta vision de l'incorrigible célibataire que j'incarnais. On enflamme le cœur d'une femme comme on vend un appartement : avec une lumière flatteuse et un brin de mise en scène. Ton visage s'est illuminé… et décomposé la seconde suivante. Mon intention était adorable mais tu n'avais pas le temps, on t'attendait quelque part dans Paris.

— Il y a quelqu'un d'autre, c'est ça ?

— Mais non ! Pas du tout !

Qui était suffisamment important à tes yeux pour délaver mon bouquet de roses ?

— J'ai un enfant.

— Hein ?

— Je dois aller le chercher à l'école.

— Quoi ?

— La voisine a une gastro, elle ne peut pas me dépanner.

— Ah !

Dans ma main, le bouquet de roses fanait plus vite que prévu.

Cinq ans auparavant, bien avant notre rencontre et l'idée d'emménager ensemble, tu menais une vie tumultueuse. Tu t'es rarement encombrée de romance. Les hommes ont toujours fini par te décevoir, par leur jalousie ou leur mesquinerie. Le sexe devenait un passe-temps, comme une partie de ping-pong, une prise de hanches sans prise de tête. Et puis, un soir, ce fut l'accident. Un homme ou deux rencontrés au hasard. À cette époque, tu diluais ton célibat dans l'alcool. Les mélanges de prosecco et de vodka sont fatals. Une pilule oubliée, un préservatif déchiré, tu t'es retrouvée enceinte sans t'en rendre compte. Un mécanisme inconscient ordonnait à ton corps de fonctionner comme les autres jours. Ce mystérieux chimiste mettait tout en œuvre pour que rien ne dévoile ce secret. Il était bien gardé, lové sous tes côtes. Tu rentrais toujours dans ton jean slim et tu avais tes règles.

Un bébé, c'était inenvisageable. Une femme carriériste de ta trempe ne pouvait pas se permettre de pouponner. Le déni de grossesse avait tracé son chemin insidieux. Après quelques nausées, la médecine du travail s'en est mêlée. À l'échographie, tu as vomi lorsqu'on t'a annoncé le sexe de l'enfant et son futur signe astrologique. « Un p'tit Capricorne, il aura la tête dure celui-là. » Il était trop tard pour avorter. Accoucher sous X était hors de question. Tout finit par se savoir dans le microcosme de l'édition. On répéterait que tu es une nymphomane irresponsable, la plus grosse salope que cette ville ait connue. Toi-même sans parents, tu ne voulais pas rendre ton fils orphelin.

Antonin est né un soir de Noël. Ton seul cadeau, unique et précieux. Ses mains minuscules s'accrochaient à toi. Tu t'es sentie mère quand tu l'as allaité pour la première fois. Ensemble, vous alliez constituer la famille que tu n'avais plus. Une voisine t'apprendrait à changer les couches-culottes, une autre à choisir la poussette tout-terrain et le meilleur mixeur de purée. Concernant ta vie sociale, il suffisait de jongler entre la crèche et les baby-sitters, jusqu'à notre rencontre.

Il avait trois ans quand tu me l'as présenté. Un petit bonhomme échevelé dans un pyjama en éponge, perplexe devant ma présence sur ce vieux canapé en velours, où il s'endormait souvent contre toi.

— Monsieur, t'es qui ?

— Euh… un ami… de ta maman.

— Et tu sais compter jusqu'à combien ?

— J'en sais rien… au moins mille.

— Ouah !

Il m'a serré très fort dans ses bras, comme s'il avait peur que je m'en aille et que je ne lui apprenne jamais à compter aussi loin. J'étais assis avec cet enfant suspendu à mon cou, ne sachant pas quoi en faire. J'avais des neveux et nièces qui m'appelaient tonton Jean-Mi, et le tonton, c'est le mec super cool qui les emmène à Disneyland, qui les laisse manger des beignets, des cookies, de la barbe à papa, et qui les ramène ensuite à leurs parents après des tours de manège. Jusqu'à présent, je n'étais là que pour la féerie délirante, sans prévoir les conséquences, les problèmes de digestion et les douleurs à l'estomac. Je ne calculais rien au-delà de l'extase que procurait le Space Mountain. En fréquentant une femme avec un enfant, j'endossais le rôle du beau-père, je prenais un sacré coup de vieux et de lourdes responsabilités. Fini la liberté, les grasses matinées, les voyages improvisés. Un courant électrique a parcouru ma colonne vertébrale. Mon corps s'est ramolli sous l'effet d'une douce fièvre. Antonin me dépouillait de quelque chose ou me révélait à une autre, mais je ne savais pas laquelle. Après l'avoir mis au lit, tu t'es blottie contre mon torse, impassible et amoureuse. Tu m'as dit : « Voilà, tu as rencontré mon trésor. » J'avais passé le test avec facilité : l'homme face à l'enfant. Lequel des deux adopterait l'autre en premier ?

Quelques jours après, tu m'as téléphoné en pleine journée pour me demander un énorme service. C'était urgent car ton travail te retenait à la maison d'édition et la voisine ne répondait pas au téléphone. Tu étais dans le pétrin, j'étais ton dernier recours. L'idée d'être indispensable commençait à me plaire.

— Tu pourrais aller chercher mon fils à l'école ?

— Oui, bien sûr.

— Oh, merci ! Tu me sauves la vie.

Je prenais ça comme une expérience intéressante qui me sortait de la routine. Ayant quitté l'agence immobilière plus tôt que prévu, j'étais arrivé pile à l'heure au milieu des mamans. Elles jacassaient entre elles, me toisaient de la tête aux pieds, se demandaient qui était mon enfant, s'il avait mes yeux et, en regardant plus bas, mon fessier bombé. Le petit a couru vers moi, des traces de feutre plein les doigts. Il m'avait dessiné avec des cheveux verts, des ronds à la place des yeux, des gros bras. J'ai gardé ce portrait dans le tiroir de ma table de chevet. Il m'a pris par la main devant les mamans, et je me suis senti électrisé par l'instinct de paternité.

Par la suite, j'ai lu des magazines pour apprendre à élever un enfant, au bureau en cachette, entre deux clients. Décoder ses caprices, se faire obéir sans crier, comment savoir s'il a une angine ou une bronchite. Il m'est arrivé de me lever en pleine nuit pour lui donner du sirop contre la toux. Et grâce à un tuto sur YouTube, je me suis transformé en roi de la mousse au chocolat. Et toi, Marylène, tu étais soulagée de rencontrer un homme aussi investi, qui t'acceptait avec ton fils, alors que d'autres avant moi avaient déguerpi. Je suis devenu un père de substitution et j'ai brisé la glace avec les autres mamans. On a papoté à la sortie de l'école et échangé des bons tuyaux pour faire manger des haricots verts à nos mioches.

Si je te quittais, Marylène, je perdrais ce qui m'était tombé dessus et que je n'avais pas demandé : un petit bonhomme qui fait des additions dans la cuisine pendant que je prépare des tomates farcies.

Je n'étais pas là pour ses premiers pas, mais je me suis lié d'affection en cours de route, connecté à son souffle et à ses espérances. Je n'avais plus le temps d'apprendre à jouer de la guitare ni d'explorer les gorges de l'Ardèche. Ma liberté s'en retrouvait limitée. Je devais composer avec ses besoins et ses questions, lui expliquer comment fonctionne le monde, ce que j'en savais à peu près. C'était aliénant et vertigineux. Une forme d'abnégation.

Trois ans plus tard, je n'ai aucun droit sur Antonin.

Nous étions d'accord pour ne pas nous marier, même si je le regrette aujourd'hui. Je ne suis pas le père et ne le serai jamais. Ton passé de mère célibataire est une fierté, tu en es le parent exclusif. Voilà pourquoi je n'aurais pas droit à une garde alternée. Quand je vais chercher Antonin à l'école, je suis son baby-sitter, son meilleur copain, l'amoureux de sa maman, mais jamais son papa.

Si je te quittais, Marylène, je perdrais beaucoup, beaucoup plus qu'une simple histoire d'amour.

19

À l'agence, mon pansement à l'arcade sourcilière ne passe pas inaperçu. La fille de la compta a sursauté en enroulant son étole autour du cou.

— Tu t'es battu, Jean-Mi ?

— Oui, c'est ça.

— Avec qui ?

— Un homme…

Je donne la réponse la plus concevable, symbolique et lapidaire, qui illustre ce que l'on voit dans les péplums ou les films de guerre. Depuis la nuit des temps, les hommes se battent en duel, courent dans les tranchées, dégoupillent des grenades, neutralisent l'assaillant par une clef de bras ou un coup de pied retourné. Ils vivent pour la lutte et périssent par le glaive. Alors, cinq points de suture, ce n'est pas méchant. Édouard surgit derrière la fille de la compta, lui colle une main aux fesses en toute sérénité et s'interroge sur mon apparence.

— Faut arrêter le rugby, mon p'tit Jean-Mi, sinon tu vas faire peur au client.

Il traîne devant mon bureau, brasse de l'air, envoie la fille de la compta lui préparer un café. Et soudain, il a un service à me demander : m'occuper des locations pour la journée. La nouvelle stagiaire ne viendra pas, elle ne reviendra plus. Elle se fait porter pâle depuis que mon manager l'a invitée à boire un kir royal à la sortie du bureau.

— Ça suffit les emmerdes ! Qu'est-ce que t'as encore foutu ?

— Je lui ai juste caressé le creux poplité, tu sais que je ne peux pas résister.

— Tu te rends compte que c'est considéré comme du harcèlement ?

— Ce n'est pas ma faute si la gamine est sensible de l'arrière du genou…

— Bordel, Édouard ! Tu as l'âge d'être son grand-père !

— Épargne-moi tes commentaires, mon p'tit Jean-Mi, et va ouvrir cette studette à Malesherbes. C'est un joli quartier au Monopoly.

— Pourquoi tu ne t'en occupes pas ?

— Parce que c'est moi, le manager.

Il me tape sur l'épaule avec un petit rire carnassier. Je ronge mon frein en lui lançant le regard noir du talonneur des All Blacks. Mal embouché, bien rustre. J'ai envie de lui remonter les bretelles et de lui faire bouffer sa lavallière.

Ce cher Édouard s'enferme dans son bureau pendant que je reporte mes rendez-vous de la journée. Ce qui m'étonne le plus, c'est de couvrir ses frasques et de lui obéir encore. Ce vieux dégueulasse va gérer les négociations et récolter toutes les félicitations, tandis que je me tape le sale boulot administratif. À quoi ça sert d'être le cheval de course d'une enflure pareille ?

Dans une ville bloquée par la grève des transports, j'ai loué un scooter pour slalomer entre les taxis. Une vingtaine de Parisiens m'attendent dans la cage d'escalier et comptent sur ma grande générosité pour leur trouver un logement. Ils sont adossés contre le mur, avec des fourmis dans les jambes, inquiets de savoir si c'est leur jour de chance. Dès que j'ouvre la porte de cette ancienne chambre de bonne, ils se précipitent afin de vérifier la tuyauterie et le compteur d'électricité. Mon seul tour de force est de leur expliquer comment les toilettes à la turque se transforment en bac à douche. Tout se passe au même endroit, une fabuleuse idée du propriétaire, c'est magique. J'essaie de m'en convaincre. Certains feignent l'émerveillement, d'autres partent en courant. Un étudiant me fait répéter trois fois le montant des charges, un autre me demande si une personne âgée a agonisé dans la pièce. L'atmosphère est chargée de négativité, pas très feng shui. Les bras croisés dans la kitchenette, j'attends le moment où chacun se décidera à partir. D'une main tremblante, ils me remettent un dossier contenant la photocopie de leurs bulletins de salaire, l'attestation d'un garant, les coordonnées d'un oncle versaillais. Je deviens le commandeur et l'exécuteur de leur destin. J'ai conscience de faire des malheureux en attribuant cette studette à une seule personne, ou un chanceux, tout est question de point de vue.

Une fois les gens partis, je coupe l'alimentation d'eau et referme la fenêtre. Sur le toit de l'immeuble d'en face, des pigeons roucoulent et copulent. Au loin, on aperçoit le sommet de la tour Eiffel. En me retournant, j'ai la surprise de trouver une femme au milieu de la pièce. Elle est revenue sur ses pas après le dernier visiteur. Je ne l'avais pas remarquée tellement son visage est transparent, vide, sans expression. Son imperméable beige assorti aux murs ne lui prête aucune fantaisie et la rend anonyme. Elle articule des mots à voix basse mais j'ai du mal à l'entendre. À la limite de l'agacement, je la recadre un peu durement :

— Madame, si vous pouviez parler plus fort, ça m'arrangerait.

Elle est au bord des larmes, blanche comme un linge, les cheveux filasse collés au front. Son dossier est noyé au milieu des autres. En dépit de l'intérêt personnel de chacun, elle a vraiment besoin de louer ce studio. Elle bafouille des excuses mais je n'ai vraiment pas le temps d'écouter ses violons. Le temps presse et je dois retourner à l'agence. Le problème existentiel des vieilles filles qui ne savent pas où caser la litière du chat ne m'intéresse pas. Alors bien sûr, je la brusque :

— Madame, il faut vraiment que je file !

— Ça m'ennuie de vous raconter ma vie, mais j'ai des soucis… Mon mari me bat, vous comprenez ? Ça dure depuis trop longtemps. J'ai dû partir, c'était dangereux de rester chez moi.

Je reste muet, mes dossiers sous le bras et la clef dans la main. Elle s'essuie la goutte au nez, tourne la tête sur le côté pour se moucher, avant de m'expliquer en détail :

— Il me tape dans le ventre ou dans le dos. Il fait en sorte que ça ne se voie pas… Il pique des colères monstres, pour rien, pour tout. L'autre jour, il m'a jetée contre le mur. C'est un fou furieux, il me fait peur… Je ne veux pas vous embêter mais je ne sais pas où aller.

Nous nous faisons face. Elle a les yeux rougis, les miens sont hagards. Ici, c'est une studette, mais vu les circonstances, la surface devient un refuge sacré, la Terre promise. Je lui demande si elle a des enfants parce que c'est vraiment petit ici, mais son mari n'en a jamais voulu. « Un chiard, ça pompe du fric », disait-il, et lui, il aime les jeux d'argent, le billard, les magouilles. Elle est partie avec une valise et quelques économies, la peur au ventre. Elle a pris sa vie en main et quitté son agresseur. Compte tenu de ce qui m'arrive, savoir que je n'ai pas été jeté contre un mur ou dans les escaliers est presque une chance. Nous avons des affinités dont je préférerais m'abstenir, mais qui n'existent pas dans les mêmes proportions. « Homme battu », ce sont les mots de sœur Solange, ils sont descriptifs et ne rivalisent pas avec la souffrance que subissent les femmes depuis des siècles. On les bafoue, on les éclipse, on les massacre. Celle-ci se lève tous les matins avec la trouille de vivre sa dernière journée. Des sanglots dans la voix, elle sollicite ma bienveillance. Ses mains diaphanes nouent la ceinture de son imperméable, prête qu'elle est à essuyer un nouveau refus.

— Madame, ce logement est rudimentaire, mais si vous le voulez, il est à vous. Vous pouvez même rester là tout de suite. Je fais une incartade au règlement, personne n'en saura rien. Je passerai vous faire signer le bail demain matin et récupérer le chèque de caution, ça vous convient ?

Son visage capte le rai de lumière traversant la pièce. C'est peut-être la seule bonne nouvelle qu'elle entend depuis des semaines. Édouard me laisse gérer les locations de la journée, il ne s'en mêlera pas et n'y verra que du feu, tant que je rapporte une jolie somme d'argent. La locataire me tombe dans les bras comme si j'étais le Messie, un être juste et charitable, qui lui donne les clefs de la providence. Il faudra que je raconte cette anecdote à sœur Solange, elle me répondra sûrement que tout le monde porte Dieu en soi.

— Oh, merci ! Merci infiniment ! Tous les hommes ne sont pas des monstres pourris, infâmes, abjects, ignobles, abrutis, horribles et répugnants.

— Non… Bien sûr que non, je lui réponds, afin de ne pas tirer contre mon camp.

— Vous êtes un homme bien, vous. Ça se voit !

Comme j'aimerais te savoir cachée quelque part, Marylène, dans les toilettes à la turque ou la kitchenette, que tu entendes les propos de cette femme. Elle sanglote contre mon épaule, alors lentement, avec pudeur, je pose une main dans son dos. Quand une personne maltraitée en rencontre une autre, elle conjugue sa douleur à la sienne pour en faire une force. Elle offre un peu de tendresse dans l'espoir de la consoler. Un *free hug* dans ce studio tout équipé.

20

Marylène, pourquoi cette main cramponnée à ma cuisse ?

Alors que je suis assis sur ce grand canapé depuis vingt minutes, tes ongles s'enfoncent dans la toile de mon jean. Gare à moi si j'ose bouger.

Pourtant, la soirée chez Leila avait bien commencé. Nous étions arrivés chez ta collègue avec trente minutes de retard. Tu détestes arriver à l'heure et moisir dans un coin. Tu aimes faire ton entrée, sentir le regard des invités sur toi descendre le long de tes jambes fuselées dans ton pantalon en lin. Tu étais impeccable, les cheveux détachés, les ongles parfaitement limés et vernis d'un rose pâle. Une reine bohème chic. Tu maîtrisais l'espace, saluant chacun avec une remarque personnelle qui le rendait unique, une plaisanterie que seul ton interlocuteur pouvait décoder. Les yeux s'illuminaient et les gencives brillaient dès que tu tendais une main ou claquais une bise. On rencontrait quelques gens de l'édition, d'autres issus du marketing et de la communication. Le compagnon de Leila m'avait salué en me mettant une coupe de champagne dans la main. J'avoue que la soirée partait vraiment bien. Au son d'un tube de Daft Punk, certains se déhanchaient sur le parquet. Leila était entourée de ses amis qui l'aidaient à passer le cap des trente ans puisqu'elle se sentait déjà vieille. Nous avons trinqué en son honneur. Depuis ta promotion, elle est sous tes ordres. Tu es sa responsable mais également la grande sœur qu'elle n'a jamais eue. Son compagnon passait parmi nous pour remplir nos verres, toujours avec un mot gentil.

— Tu sais quoi, Jean-Mi, je trouve que t'as une bonne gueule.

— Ah… merci.

J'avais retiré mon pansement à l'œil depuis quelques jours, les points de suture laissaient une cicatrice à l'arcade sourcilière. L'infirmière avait été catégorique : elle m'accordait le charisme d'un *bad boy*, alors je restais sur ma réserve, un peu distant, entretenant une part de mystère vis-à-vis des autres invités. Cette posture me convenait bien car je n'ai jamais été le fanfaron dans les soirées, le type qui a toujours une blague à raconter. Je t'observais en train de capter l'attention et de briller au milieu du cercle d'amis. J'admirais ton habileté à rebondir sur chaque sujet de conversation, toujours avec un propos juste ou un brin d'humour. Leila m'a placé au cœur de la discussion, faisant mon éloge, car elle ne connaissait pas beaucoup d'hommes qui auraient accepté une femme déjà mère. Elle me trouvait beau, gentil, adorable avec Antonin. Un mec parfait. Tu t'es tournée vers moi pour déclarer à quel point tu avais de la chance. Et là, j'ai eu envie de t'envoyer ma coupe de champagne à la gueule. Je l'ai pensé et visualisé très fort, parce que cette chance, tu la piétinais en beauté. Personne n'aurait pu le deviner tant le bonheur irradiait de ton regard lascif.

Devant tout le monde, Marylène, j'ai failli te traiter de belle salope.

Alors, quand tu as ramené la conversation sur ton travail et la joie immense de collaborer avec Max Kellerman, j'ai préféré me détourner du groupe plutôt que de devenir grossier. Tes propos mielleux sur ce vieux beau m'échauffaient les oreilles. Je me suis retrouvé face au compagnon de Leila, qui en rajoutait une couche en champagne et en compliments.

— Alors toi, Jean-Mi, tu m'as l'air d'un chic type !

Lui avait un penchant pour l'éloge pas cher, et moi pour sa cuvée de vignerons indépendants. Je me suis barré dans un coin, près de la porte-fenêtre grande ouverte, et je tapais du pied sur *Should I Stay or Should I Go*, des Clash, quand une amie de Leila s'est approchée. Elle s'appelait Ludivine et arborait un décolleté plongeant. Ses joues étaient rosies par les allers-retours incessants entre le salon et le balcon, à moins que ce ne fût l'effet d'un mélange de crémant et de Get 27. Elle avait une facilité à me raconter sa vie dans les moindres détails, du poids du célibat jusqu'à sa récente opération de chirurgie esthétique. Ses lèvres étaient repulpées comme celles d'une star de la téléréalité. Elle me disait : « Ça m'a coûté un bras. » Elle me relatait ses mésaventures, ses anciens bourrelets, ses régimes. Elle éclatait de rire à mon épaule et, l'instant d'après, sa joie de vivre se muait en profonde tristesse. La petite fille complexée en elle ne demandait qu'à trouver la paix. J'étais un peu déconcerté, ne sachant sur quel pied danser, quand tout à coup, elle prit mon visage entre ses mains, caressant du pouce mon arcade sourcilière.

— Comme c'est beau, un homme blessé ! Toute cette vulnérabilité à chaque battement de cils. Et cette balafre… Oh, Jean-Mi ! T'es tellement sexy !

J'ai cru qu'elle allait dévorer ma bouche lorsque tu t'es interposée avec un raclement de gorge.

— Hum ! Je vous dérange ?

Nul besoin d'en rajouter. La bonne copine en décolleté s'est sauvée dans la salle de bains pour se repoudrer le nez. Tu l'as dévisagée comme un bout de gras. Je suis resté digne, impassible, mais le sentiment qui primait n'en demeurait pas moins la vanité. Je n'étais pas le dragueur péquenaud mais l'homme dragué, un objet de désir et de convoitise. Tu gardais le silence, le visage de glace. Je savais pertinemment que tu te défoulerais sur moi, mais pas ici, pas devant tout le monde. Tu étais en représentation. Il n'empêche que les quelques invités autour de nous pouvaient témoigner du malaise. Peu importait la suite de la soirée, je devais rester à portée de main. C'est ainsi que tu as posé la tienne sur ma cuisse, une fois installés sur le canapé.

Chasse gardée.

Et maintenant, Marylène, tu comptes me tenir comme un chien en laisse toute la soirée ?

J'éprouve de l'excitation à ressentir ta jalousie. Elle me rend un certain prestige. Ta main s'agrippe, palpe le muscle, cherche à pénétrer la toile du jean. Elle a son propre langage. Elle me dit : « Ferme ta gueule. Tu es à moi. Je te veux. » Cette brusque possessivité me fait bander. Tu es agacée, prétextant un début de migraine. À présent, tout le monde t'ennuie et la musique est nulle. Tu préfères rentrer dès que possible, après le dessert, autant rester aimable un minimum. Quand les lumières s'éteignent et que l'on apporte le gâteau, tu soupires de soulagement. Leila souffle sur le fraisier décoré de bougies étincelantes, avec la larme à l'œil devant les gens qu'elle aime et qui sont réunis pour ses trente ans. Elle clame que c'est le plus beau jour de sa vie. Tu profites de cet instant d'émotion pour lui annoncer notre départ. Il ne faut pas qu'elle s'inquiète, ton mal de crâne ne passe pas mais la qualité du champagne n'est pas en cause. Ça ira mieux demain. Elle le comprend très bien, nous serre dans ses bras, répète combien on forme un couple formidable. Son compagnon nous raccompagne à la porte, avec une pointe d'affection.

— Tu sais quoi, Jean-Mi, on s'fait la bise !

— Allez, soyons fous !

Son haleine est chargée de saucisson à l'ail, mais l'intention est bienveillante.

La nuit est chaude et ne calme pas mes ardeurs. Nos genoux se frôlent dans le taxi. Ce qui m'excite le plus, c'est de remarquer ton degré de panique, de pénétrer les interstices de ta fragilité. Pendant quelques minutes, tu me laisses entrevoir la faille, et le pouvoir s'inverse, il change de camp. C'est grâce aux cicatrices que tu as générées, les visibles comme les invisibles. Elles possèdent un étrange pouvoir de séduction.

— Fallait que tu te donnes en spectacle avec cette radasse !

Le chauffeur me jette un coup d'œil dans le rétroviseur, habitué aux règlements de comptes en fin de soirée. J'éclate de rire tellement ta scène est ridicule.

— Et qu'est-ce que tu en as déduit ? Que j'allais la baiser le jeudi soir au lieu d'aller au rugby ?

— Fais ce que tu veux avec cette pouffe !

Tu replaces tes cheveux derrière tes oreilles, m'offrant une vue imprenable sur le grain de beauté dans ton cou. Et puis, tu fermes les yeux devant les lumières de Paris. Quelque chose te tracasse.

Nous remontons chez nous sans prendre l'ascenseur. Tu étouffes dans ces boîtes de sardines, tu préfères l'escalier. Au passage, je mate tes fesses moulées dans ton pantalon en lin.

Personne ne nous attend car Antonin dort chez la voisine ce soir. Dans la cuisine, je nous sers deux verres d'eau pour étancher notre soif et chasser le goût du champagne. Tu as les yeux fardés qui te donnent cet air fier et mystérieux, un pli au centre du front, une marque d'amertume. Tu retires tes talons sans me les envoyer à la figure. Tu ondules vers moi et tu défais les boutons de ma chemise. Là, torse nu, tu me fais asseoir sur une chaise. On se déshabille, pantalon, slip, mais je n'ai pas le temps de retirer mes chaussettes. Tu t'accroches à mes épaules, tu en testes la robustesse. Assise à califourchon, tu rebondis sur le haut de mes cuisses, jouant avec mon excitation. Mon sexe est tendu, gros. J'embrasse tes seins qui se collent à mon visage. Je te mordille les tétons. La tête en arrière, tu me chevauches. Les poils de ton pubis se frottent à mon abdomen. Ils sont bouillants, indécents, effrontés. Je m'en remets à tes désirs, je vise l'insondable.

Tu crois continuer à me chauffer combien de temps comme ça ?

Je te soulève par les fesses et te porte dans la chambre. Tu cherches à t'échapper sur le lit mais je te tire par les pieds. Ton numéro de garce est plaisant mais j'en ai marre de jouer. Entre tes jambes, je m'immisce, et tu les resserres autour de mes hanches pour me retenir prisonnier. Nos bouches se confondent, embrasées, insatiables, et nos corps suintent la fièvre de l'été. Tes mains s'accrochent aux draps quand je te pénètre. Sur le matelas, tu ne commandes plus rien. J'impose le rythme. Chaque coup de reins est un acte de vengeance où je te fais payer tes paires de baffes. Je suis raide, sec, sans pitié. À ton tour d'encaisser. Je veux que ta peau cuise sur les draps. Plus je te baise, plus tu aimes ça. Étalé sur ta poitrine, j'ai l'impression de redevenir le maître du monde. Tu te cambres encore en haletant à mon oreille. Ton souffle chaud te rend charnelle, impudique, vicelarde. Il est trop tôt pour lâcher l'affaire, pas maintenant, pas avant de t'avoir prise par-derrière. Et tu cries de jouissance, tu veux que les voisins entendent, tu veux qu'ils sachent. Tu cries si fort que j'ai l'impression que tout sonne faux. La brèche est ouverte dans ta chair humide. Tu en redemandes. En me griffant le dos, tu m'excites tellement que tu précipites mon plaisir. Je finis dans un grognement, presque en nage, tout mou.

J'ai joui comme un con.

Tu me repousses sur le côté pour mieux respirer. Nous restons dans cet état cotonneux, sans échanger une caresse ni un regard complice. J'essaie de te parler mais les mots ne viennent pas. Après l'amour, ils peuvent vite devenir maladroits. C'est un moment où il n'y a de place que pour l'étreinte et le silence. C'était bon mais trop court, je voudrais m'excuser. Assise au coin du lit, tu t'essuies le sexe avec le drap. Il n'était qu'un endroit de passage, le mien un bâton vengeur. Tu me dis : « Je vais me laver. » Le charme est rompu pour le reste de la soirée. Tu vas te doucher comme si tu étais sale, à croire que je t'ai souillée. Je n'en fais pas une affaire personnelle car je sais que ce n'était pas de l'amour. C'était un instant animal, une parenthèse sexuelle, un scénario pornographique. On devrait arrêter de prétendre être ce que nous ne sommes pas : un couple formidable. Je pourrais te rejoindre dans la salle de bains et remettre ça sous l'eau froide. Je crains que ton engouement soit retombé et que tu me rejettes à coups de baffes.

Il risque de faire chaud cette nuit, on aura du mal à dormir, même les fenêtres ouvertes. Je reste allongé sur le lit, inerte, à me gratter les poils du torse en observant une fissure au plafond.

Bonjour tristesse post-coïtale.

21

C'était un dimanche d'automne, il y a trois ans. Quelques mois après notre rencontre.

Paris se drapait d'un ciel rose orangé, comme on en voit parfois en cette saison. On se baladait le long des quais de la Seine à vélo et, pour la première fois, Antonin pédalait sur le bitume sans les petites roues. En un après-midi, je lui avais appris à tenir en équilibre au bois de Boulogne. Lui qui auparavant vacillait frottait ses semelles sur la terre battue, à un moment s'était lancé vers l'inconnu. Tu lui répétais d'aller moins vite. Tu me disais de faire attention. On voyait les flots, on écoutait le vent, on ne songeait pas au lointain. Nos souffles s'échappaient dans le fleuve. Assis en tailleur sur la rive, des Parisiens discutaient, éclataient de rire, bercés par l'indolence et l'optimisme. Ça sentait le gravier, la mousse sur la pierre, le maïs grillé. On avait de la force dans les jambes, de la gaieté à revendre. Antonin disait bonjour aux touristes qui voguaient sur un bateau-mouche.

Arrivés à la pointe de l'île Saint-Louis, on a été retenus par la lumière du coucher de soleil, des émotions, le choc de la beauté. Un passant a accepté de nous prendre en photo. L'image d'une famille heureuse et épanouie. On ignorait les attentats, les virus, les missiles, le dérèglement climatique. On mangeait une glace, on avalait le cornet et le ciel rose orangé. Quand le soleil a disparu derrière les bâtiments de l'île de la Cité, tu m'as enlacé et glissé à l'oreille : « Si on vivait ensemble ? » J'ai pensé que cette belle arrière-saison te grisait. Antonin léchait la crème glacée qui coulait sur ses doigts, Paris avait la splendeur flamboyante d'une carte postale, le bruissement du feuillage des arbres a chassé mes doutes. J'ai soulevé tes cheveux, mordillé ton lobe d'oreille, soufflé que c'était une bonne idée. On s'est embrassés comme des adolescents au bord de l'implosion hormonale.

Deux mois plus tard, on s'installait à la Porte de Saint-Ouen. Tu as reconnu que mes amis rugbymen étaient d'utilité publique lors de notre déménagement, surtout pour monter un lave-linge à mains nues jusqu'au quatrième étage. Le réfrigérateur, le sommier, le canapé convertible, l'ensemble du mobilier avait été tracté comme aux épreuves de force basque. On a fini autour d'une paella géante, à manger dans des assiettes en plastique entre les cartons. Alban était content de me voir sauter le pas, mais il espérait que je resterais le Jean-Mi qu'il avait toujours connu, pas ce genre de mec enfermé dans son couple, qui ne sortait plus et préférait pouponner à la maison.

Le lendemain, on a poussé les meubles et rangé nos affaires. J'ai pris conscience de ton comportement maniaque en constatant ton exigence que rien ne dépasse. Même tes romans étaient alignés dans la bibliothèque par ordre alphabétique d'auteurs. En femme dynamique et organisée, tu classais tous les documents dans des pochettes à rabats, depuis tes bulletins scolaires jusqu'aux fiches de paie. Tu m'as montré les papiers d'Antonin faciles d'accès dans une chemise bleu ciel plastifiée. Ça pourrait être utile, si j'avais besoin de sa carte d'identité lors d'une sortie scolaire. Et cette boîte en métal fermée par un cadenas, je t'ai demandé ce que c'était. Rien, m'as-tu répondu en repoussant du pied le carton au fond de la penderie. Des vieux souvenirs. Je n'avais pas intérêt à insister, à rouvrir d'anciennes cicatrices.

Tu as toujours gardé une part de mystère, Marylène, entretenant les jeux de séduction. Laissons le passé douloureux dans un coin obscur et hermétique. Le seul jardin secret que j'étais autorisé à pénétrer, c'était la nuit, sur un drap brûlant.

22

Le lundi suivant, je retourne au travail sans ecchymose ni pansement, aucune trace de ta folie passagère. Je contemple les buildings qui s'érigent en totems de verre et masquent la ligne d'horizon. Leur hauteur défie la présence minuscule, si modeste, mais qui me tape dans l'œil : sœur Solange en baskets. Une de ses mèches blanches vole au gré du vent. J'ai l'impression d'être le seul à la remarquer.

— Ma sœur, vous ne vous lassez donc jamais de venir ici ?

— Tu sais, Jean-Mi, le don de soi est une joie.

— Exact, j'en ai fait l'expérience ce week-end.

— Tiens donc ! Raconte-moi ça…

— Ça vous dirait de prendre un café avec moi ?

Face aux tours géantes, elle me fait des grands yeux de chouette. Voilà une drôle de proposition dont elle n'a pas l'habitude. Un rendez-vous entre une vieille religieuse et un agent immobilier risque de faire jaser, mais je ne lui propose pas non plus d'être la plus belle pour aller danser. Un café, c'est convivial, une détente propice à la confidence.

— L'indolence et l'oisiveté ne font pas partie de ma fonction. Si tu crois qu'on va s'installer en terrasse, tu rêves !

Elle vérifie alentour qu'aucun supérieur hiérarchique n'est en train de nous espionner : un prêtre, un cardinal, une abbesse prompte à nous balancer. Elle me fait signe d'approcher et, sur la pointe des pieds, me dit des messes basses :

— Sois gentil, va plutôt nous chercher deux gobelets de café et rejoins-moi là-bas contre le mur. Il y a du soleil. Sans sucre pour moi, je fais gaffe au diabète.

En petites foulées, je fais un aller-retour au Starbucks. Sœur Solange est devenue une confidente, une coach de développement personnel, ma directrice de conscience. Vu ce que je m'apprête à lui raconter, une prostituée ferait mieux l'affaire. Les hommes tourmentés s'épanchent plus facilement devant une travailleuse du sexe. Elle ne les juge pas, reste à l'écoute, offre un sein réconfortant sur lequel ils versent une larme. J'aurais pu expliquer mon cas à une marcheuse de Belleville aux longs cheveux noirs et bottines de cuir ciré, mais j'aime mieux m'entretenir avec ma bonne sœur préférée. Elle m'attend devant une façade, un chapelet serré entre ses doigts, le visage tourné vers le soleil. Son sourire aimable ne la quitte jamais.

— L'homme a une soif inextinguible de vivre, il espère s'épanouir chaque jour, et comment ne pas garder l'espérance devant ce beau soleil ? Alors je te le demande simplement, Jean-Mi, comment vas-tu aujourd'hui ?

— Bien… mieux… enfin je ne sais pas.

— Qu'est-ce qui te tourneboule ?

— Je n'ose pas vous en parler.

— Suis-je trop gâteuse pour comprendre les atermoiements du cœur ?

— Ça se passe plutôt en dessous de la ceinture.

— Allons bon ! J'avoue que c'est une époque révolue, mais en tant qu'ancienne experte-comptable, j'ai déjà vu le loup.

— Marylène est plutôt d'humeur câline en ce moment, comment vous dire ?

— Dépêche-toi, Jean-Mi ! Je n'ai pas toute la matinée.

— Bon, voilà… c'était chaud bouillant, l'autre soir.

Sœur Solange me refait ses yeux de chouette. Sur le coup, je regrette de lui en avoir parlé. La nonne n'est pas qualifiée pour débattre de ce sujet brûlant. Elle prend un temps de réflexion en buvant une gorgée de café, n'ose pas poser de questions ni discourir sur l'érotisme.

— Ah, mon garçon ! Elle te fait vivre un enfer et l'enfer est pavé de bonnes intentions.

Si ma *love coach* m'entraîne dans une église pour allumer un cierge et fredonner un chant liturgique, je pars en courant.

— Écoute-moi, Jean-Mi, écoute mes paroles qui sont celles d'une artiste mexicaine. Comme dans ce poème de Frida Kahlo : « Tu mérites un amour décoiffant, qui te pousse à te lever rapidement le matin, et qui éloigne tous ces démons qui ne te laissent pas dormir. »

— Samedi soir, ce n'était pas de l'amour. C'était mécanique. Sauvage. Brusque.

— On en revient à la violence. Elle est excitée par la recherche du pouvoir et de la domination. Ça passe par la fornication. On ne peut pas dissocier l'acte sexuel de ce qui se joue à l'intérieur de soi. Tu n'en as pas fini avec Marylène, elle utilise toutes les armes.

Jamais je n'aurais cru raconter ma vie sexuelle à une nonne, un gobelet de café à la main sur le parvis de la Défense. Elle me propose gratuitement l'évaluation de ma vie conjugale. Je ne sais plus si j'ai affaire à une adoratrice de Dieu ou de Sigmund Freud. À supposer que l'effondrement du christianisme corresponde à l'émergence de la psychanalyse, j'en déduis que sœur Solange s'est mise à la page. Une bonne sœur New Age. Elle prêche l'importance de délier la parole en laissant planer l'idée qu'une thérapie de couple serait bénéfique. Une façon de réparer les choses. Arrive le moment où il faut chercher un bon médiateur.

— Dieu n'a pas la réponse à tout, mais tu trouveras sur Google un psychothérapeute pour renouer le dialogue.

Il s'agit de te remettre en question, Marylène, mais tu n'es pas du genre à t'épancher devant un inconnu. Tu gardes le contrôle et ne supportes pas d'être démasquée. Si un jour j'avais l'audace de te reprocher ton comportement en commençant ma phrase par : « Le psy dit que… », tu me musellerais par une torgnole ou un coup de pied dans les roubignoles. Face à un praticien, je devrais aussi révéler les maltraitances, parler d'étonnement, d'humiliation, des gifles, des coups de poing, des objets lancés à la figure, des pots cassés et des arcades fendues. Si je suspendais ma pudeur quelques instants, vaudrait-il mieux consulter un homme ou une femme ? Qui me comprendrait sans tomber de sa chaise ou rire sous cape ?

— Tu sais, Jean-Mi, personne n'est à l'abri de la violence. On croit que seuls les hommes sont tyranniques, alors que les femmes sont tout aussi terribles. Il faut être sexiste pour penser le contraire. J'en ai vu certaines se battre comme des chiffonnières. Elles n'ont peur de rien ni de personne. Tout le monde y passe, même les plus machos. En parler demande du courage.

— Elle n'est pas toujours violente. L'autre soir, elle était plutôt conciliante…

— Si elle te frappe, elle ne mérite pas ton amour. Sache qu'elle ne changera pas radicalement et remettra ça tant que tu continueras de subir. La solution est de porter plainte.

— Ça, je n'y arriverai pas.

— Alors casse-toi ! Avant qu'il ne soit trop tard.

— Vous êtes missionnaire de la Charité ou un poivrot d'un bar-tabac ?

— La véritable question, Jean-Mi, c'est de savoir si cette relation comble ton cœur. « Tu mérites un amour qui balayerait les mensonges et t'apporterait le rêve, le café et la poésie. » Un amour aussi beau qu'un poème de Frida Kahlo. Tu mérites un amour « qui pense que tes bras sont parfaits pour sa peau », mais Marylène passe son temps à écorcher la tienne.

Ma vie de couple défile sous mes yeux, comme un travelling au cinéma. Elle démarre en comédie romantique, puis se transforme en drame social. N'importe quel spectateur serait perturbé de ne pouvoir classer le film dans un genre défini, et je me sens coincé dans la pellicule, au bord de l'asphyxie.

— Écoute ta respiration, mon garçon, laisse-la traverser ton corps. Ferme les yeux et lève tes bras au ciel. Imagine que tu es un arbre.

Sœur Solange m'encourage à suivre un exercice de relaxation, ici et maintenant, sur l'esplanade de la Défense. Je ne pense pas que ce soit le moment ni l'endroit appropriés. Tournée vers le soleil, elle me montre le mouvement d'élévation des mains.

— N'insistez pas, ma sœur, je n'ai pas le temps.

— Quel genre d'homme veux-tu être, Jean-Mi ? Quel est ton rôle dans ce monde ?

— Je suis attendu boulevard Haussmann.

— Va ruminer ton angoisse et vendre de la pierre. Ça fera de toi un bon agent immobilier mais ça ne te rendra pas plus heureux. La vie n'est pas une course à gagner à tout prix.

Sa voix haut perchée et ses bras chétifs tendus vers le ciel ont raison de ma frilosité. Un peu perplexe, je vérifie que personne ne nous observe, avant de la suivre dans son délire de zénitude.

— Ferme les yeux et prends conscience de ta présence dans ce monde. À chaque inspiration, imagine que la sève remonte le long de tes jambes jusqu'à ta tête. Elle te rend vigoureux et invulnérable. À chaque expiration, tes bras deviennent des branches d'où pousse un beau feuillage. Tu deviens un arbre nourri par l'énergie de la terre et du soleil. Inspire, Jean-Mi, souffle…

Mon expiration ressemble à un gros soupir de lassitude. J'ai l'air d'un adepte d'Hare Krishna au cœur du pôle financier. Sœur Solange a dû apprendre cette technique de relaxation dans les bidonvilles en Inde. Les bras en l'air, les yeux fermés, on doit me prendre pour un cinglé. J'espère que ni Édouard ni aucun collègue de l'agence ne passeront dans le coin.

Je me représente comme un arbre, au milieu d'une forêt tropicale, sur lequel les oiseaux viennent se poser et chanter. À mes pieds, je visualise de la mousse verte qui forme un tapis moelleux. L'air est doux, chargé d'odeur de bitume. Je ressens un picotement dans les mains et de la chaleur parcourir mon corps. J'esquisse un léger sourire quand le vent glisse entre mes doigts. Il ne réussira pas à me faire tomber. Je me sens paisible, ici et maintenant, les cheveux ébouriffés. Les bruits de la circulation restent cantonnés sur le périphérique parisien. Si je me concentre, je suis bercé par le cri enchanteur d'une mouette rieuse. Elle se rapproche, vole entre les buildings et plane au-dessus de nous. Inspiration, expiration.

N'entendant plus la voix de sœur Solange, je rouvre les yeux.

Merde, la nonne a disparu.

Après un tour d'horizon sur l'esplanade, il m'apparaît clairement qu'elle m'a planté au milieu du parvis. Elle s'est volatilisée comme une fée.

23

Cet été, Antonin voulait retourner à la dune du Pilat, mais on lui a réservé une autre surprise. Pourquoi monter à cent mètres quand on peut grimper jusqu'à neuf cents ?

On l'a emmené au massif de la Rhune, entre l'océan et la chaîne des Pyrénées. C'étaient les grandes vacances, un moment en suspens, on ne pouvait pas mieux rompre avec Paris. Dans le petit train qui nous a transportés jusqu'au sommet, tu es restée scotchée au téléphone, orchestrant déjà les préparatifs de la rentrée littéraire. Je t'ai priée de te déconnecter et de savourer la nature, l'odeur des herbes et des buissons. « Inspire, ma chérie, expire. » D'un côté, je supportais ton désintérêt pour les grands espaces, de l'autre, je photographiais un petit garçon fou de joie. À la fenêtre du wagon, Antonin s'amusait à compter le nombre de poneys qui broutaient sur les versants de la montagne.

— Ce sont des pottoks.

— Des quoi ?

— Une race de petits chevaux de la région.

Il aurait voulu sauter en marche et les caresser, courir avec eux dans la prairie. Une fois là-haut, je l'ai porté sur mes épaules et, en étirant ses bras vers le ciel, il a essayé de gratter les nuages. Derrière nous, tu discutais de l'impact des affiches dans le métro annonçant la sortie du prochain roman de Max Kellerman. On s'est retournés vers toi et je t'ai dit : « Oublie Paris, ma chérie, inspire. » Tu m'as adressé un regard terne et une mimique d'agacement, il ne fallait pas que j'insiste trop.

Le lendemain, de passage à Biarritz, nous avons emmené le petit au musée de la Mer. Les conversations téléphoniques sont interdites à l'intérieur, tu t'es sentie désarmée et obligée d'être contemplative. Antonin courait partout mais tu semblais indifférente à la faune aquatique, seul l'émerveillement de ton fils était une source d'émotion, jusqu'à ce que tu sois hypnotisée par la danse d'une pieuvre dans son aquarium. Ce spectacle t'a clouée au sol. Entre frayeur et fascination, tes yeux ne quittaient pas le mouvement des tentacules. L'animal te narguait dans son élément, faisant étalage de ses pouvoirs, en pleine maîtrise de l'espace et de la capacité d'emprisonner ses proies. Tu as sursauté lorsque j'ai posé mon bras autour de tes épaules. Je tenais le petit par la main afin de ne pas le perdre dans la foule, et tu t'es blottie contre moi, pressée de partir d'ici et d'aller te dorer au bord de l'océan.

Notre hôtel se situe à quelques pas de la plage, si bien que nous nous reposons tous les après-midi sur nos serviettes pendant qu'Antonin s'amuse dans le sable. Les juillettistes s'en sont allés mais les aoûtiens ont débarqué. Des surfeurs taquinent les vagues tandis que des retraités s'exposent au soleil sans crème anti-UV.

À quelques mètres de là, Antonin cherche des crabes au milieu des rochers, au bas de la falaise érodée qui surplombe le rivage. Je le surveille tout en lisant un guide touristique sur la région. Allongée près de moi, tu es absorbée par la lecture de ce que tu nommes la prochaine pépite de la maison d'édition.

— Marylène ?

— Mmm…

— Tu sais pourquoi cette plage s'appelle la chambre d'amour ?

Aucune réaction de ta part, alors je poursuis :

— On raconte qu'un homme et une femme vivant une liaison secrète se rejoignaient dans la grotte au pied de la falaise. Un jour, l'orage gronda et les vagues surprirent les amoureux. Ils furent emportés au large et on les retrouva noyés…

Je ne sais pas si tu m'as entendu, si ton roman vaut l'histoire tragique de cet amour sacrifié, mais j'ai senti que c'était le moment de dialoguer et, dans le pire des cas, de vider mon sac. Tel ce couple de la chambre d'amour, nous sommes engloutis dans des profondeurs. Plus on a à dire et plus il est difficile de parler. J'ai cherché une phrase d'accroche, une entrée en matière souple, mais je n'ai pas trouvé.

— Marylène, tu ne crois pas que nous avons un problème ?

— Mmm…

Tu fais semblant de ne pas m'entendre, de rester concentrée sur ton livre, alors je te l'arrache des mains.

— Non mais qu'est-ce que tu fous ?

— Et toi, qu'est-ce que tu fais de moi ? Un jour tu me frappes, un jour on baise. À quoi ça rime ?

Je me sens délesté d'un poids mais pas forcément plus léger. Tu te redresses sur ta serviette, retires tes lunettes de soleil pour m'afficher tes yeux froncés. Tu ne comprends pas mon besoin de m'épancher en plein soleil.

— Et alors ? C'était juste une claque ou deux, je m'énerve parfois… Pas de quoi en faire un drame !

Notre couple vire dans une relation malsaine mais tu minimises les faits. D'une mauvaise foi sidérante, tu as cette capacité à effacer tout ce qui t'encombre et à ne garder que ce qui t'arrange. C'est beaucoup plus qu'une claque. C'est un grondement enfoui à intérieur qui devient un cataclysme, un déferlement de critiques et d'injures, de coups portés au visage ou en dessous de la ceinture. Tu ajoutes que tout est ma faute, que je me conduis comme un égoïste et que je te pousse à bout. Rien ne va plus depuis que l'on a emménagé à la Porte de Saint-Ouen, si ça continue, tu vas te barrer avec Antonin.

— On pourrait s'adresser à un conseiller conjugal ?

— Je n'ai pas de temps à perdre avec ça…

— Tu te rends compte que tu m'as envoyé aux urgences ?

Je me heurte à ton silence, fréquent, ordinaire, condescendant. Tu préfères reprendre ton roman, plonger dans une fiction après avoir gâché ma réalité.

— Ça ne s'est pas passé qu'une fois…

— Tu as décidé de pourrir mon après-midi ?

— Dis-moi ce qui te passe par la tête ?

Mutisme. Au loin, le petit t'appelle, il te fait des grands signes car il a vu un crabe. Tu lui recommandes de revenir ici, de ne pas monter sur les rochers, c'est dangereux.

— Marylène, je crois que tu devrais voir un psy.

— Entre ta mère dépressive et ton père alité, c'est toi qui devrais consulter.

Attention, chienne méchante. Voilà ta réaction dès que l'on te met sur la sellette. Notre radeau coule, je me débats dans l'eau salée.

Sur combien d'hommes as-tu levé la main ? Et combien t'ont mise devant le fait accompli ? Certainement les plus casse-cou. Combien ont insisté pour t'encourager à suivre une thérapie ? Je crois que nous ne laverons jamais notre linge sale sur le canapé d'un psy. Tu ne laisseras personne explorer les flots de ton inconscient et révéler ta part de monstruosité. Ce qui me dérange le plus, c'est que tu refuses d'admettre la vérité. Tu me frappes, mais je ne suis peut-être pas le premier ni le dernier. Si je retrouvais la liste de tes ex et que je leur téléphonais, nous aurions des choses à nous raconter.

Tu ne prononces plus un mot mais tu soutiens ce regard hargneux. Le silence devient ta forme habituelle de réponse pour couper court au dialogue.

— Si tu continues, Marylène, je te quitte.

— T'es malheureux avec moi, c'est ça ?

— Disons que c'est devenu compliqué.

— Tu veux vivre pour toi ? Surfer sur la vague et sortir avec tes copains du rugby ? Tu veux boire, t'éclater, baiser tout ce qui bouge ? Alors vas-y ! Mais je te préviens, si tu pars, tu ne me reverras plus. Et Antonin non plus…

Tu me dresses, tu me corriges, tu ne lésines pas sur le chantage affectif. Me mettre sur le carreau te valorise. Ça te donne de la force et de l'importance. Je ne distingue plus la femme que j'aime de la diablesse qui m'assassine.

Au bord de la falaise, le petit s'égosille de plus belle :

— Maman !

— Antonin, reviens ! Dépêche-toi !

Dans un mouvement maladroit destiné à sauter sur le sable, il glisse et s'étale sur la face plate du rocher. C'est d'abord le choc puis la stupeur qui le poussent à gémir. On se précipite aussitôt vers lui. Dans la course, j'arrive le premier et il m'ouvre grand ses bras, mais tu me bouscules pour le récupérer dans les tiens. C'est toi la mère, toi qui dois le consoler, le rassurer, le dorloter. Nos mains traquent une éventuelle blessure sur son corps, elles se disputent le moindre centimètre de peau. Heureusement, il y a plus de peur que de mal. Tu l'embrasses comme un cadeau tombé du ciel, précieux et rare. Le front, les tempes, le ventre de ce petit bout de toi. Je dis : « Ça va aller, bonhomme. » Tu ajoutes : « Ça va aller, mon poussin. » Tu l'emportes sur le rivage pour lui passer de l'eau froide sur le visage. Le cœur d'une mère est immense et l'océan répare tous les bobos. C'est un instant qui vous appartient, où je n'ai pas ma place, moi l'égoïste qui te contrarie. Je dois garder mes distances et ne pas épiloguer sur la déliquescence de notre couple. À contre-jour, je me contente d'observer vos silhouettes imbriquées dans l'écume, le cœur fragmenté sous un ciel de ciment bleu, la gorge serrée. Des embruns me fouettent le visage.

24

Hier soir, Antonin a dormi à tes côtés. Tu l'as d'abord installé entre nous deux, bien calé contre toi, et quand il a fini par s'endormir et bouger dans tous les sens, j'ai pris son lit d'appoint. Ce n'est pas lui qui me chassait, c'est toi qui trouvais l'occasion de te débarrasser de moi.

Le temps est beau mais l'ambiance électrique. Nous avons des discussions vagues sur la douceur de vivre dans cette région et la chance que l'on aurait d'habiter en province. Le ronron des conversations sommaires, le silence méprisable entre nous. On devient comme ces couples qui n'ont plus rien à se dire à table et qui picorent leurs légumes grillés en relevant la tête vers leur enfant. Si j'ose un baiser dans la chambre, j'ai l'impression de t'importuner. Depuis la discorde sur la plage, quelque chose s'est brisé. Tu es plus méfiante qu'une chatte réfugiée sur un rebord de fenêtre. Nous ne sommes plus vraiment attentionnés l'un envers l'autre et restons constamment sur la réserve. Nous économisons les mots, nous échappons aux maux. Ces vacances ont un effet néfaste sur notre vie de couple qui tient plus d'une organisation établie que d'une véritable passion. On ne fait plus l'amour.

Ce matin, tu te dépêches car tu as rendez-vous au cours de yoga en bas de l'hôtel. Tu envoies un bisou de la main à ton fils mais il ne relève pas la tête, concentré sur un jeu vidéo. On ne badine pas avec une horde de Pokémons qui envahit le monde. En peignoir sur le balcon, je capte les rayons du soleil et me tourne vers Antonin : « Bonhomme, et si on allait à la piscine ? » Aussitôt, il éteint sa tablette. Tu aurais dû voir son sourire, Marylène. Les Pokémons ne sont pas de taille à lutter contre moi.

Nous avons enfilé nos maillots, nos tongs, et sommes descendus au jardin. Il n'y a pas grand monde à cette heure, juste une habituée en bonnet de bain qui nage le dos crawlé. Sur le carrelage, je fais des moulinets avec mes bras en disant au petit : « Aujourd'hui, on plonge ! » Nous nous échauffons le haut du corps par des rotations de la tête et des flexions du tronc. Accroupis, nous sautons en l'air. Antonin imite mes mouvements. J'éprouve la fierté d'un père devant sa projection narcissique, même si lui n'est pas la mienne. Une pensée émue pour son géniteur traverse mon esprit. Quelque part dans le monde, à Paris ou ailleurs, un homme arpente un boulevard, escalade une falaise, parcourt une plaine enneigée, ignorant qu'un de ses spermatozoïdes a engendré un tel trésor. Comment s'appelle cet homme ? Se lève-t-il de bonne humeur ? Est-il sujet au mal de mer ? Préfère-t-il l'OM ou le PSG ? Antonin ne pose jamais de questions sur lui ni sur ses grands-parents. Il craint de te faire de la peine ou tu l'as prié de se taire.

Il trempe un pied dans le bassin, se mouille la nuque comme je le lui ai appris, puis il se place sur le bord. Je lui mime la position du plongeon, les jambes légèrement fléchies, les bras tendus au-dessus de la tête, le menton rentré vers le torse. Il connaît par cœur le mouvement, il a seulement peur d'entrer la tête la première dans l'eau. Je ne suis pas très utile, sauf à bâillonner son anxiété et apprivoiser ses frayeurs. Bien incliné, le dos rond, il compte jusqu'à trois avant de se lancer. Et là, j'aperçois quelque chose d'étrange : une tache bleue sur le flanc de sa cuisse, une trace que je n'avais jamais remarquée. Un choc thermique me tétanise sur le carrelage de la piscine. Je lui dis : « Stop ! » Je lui crie : « Attends ! » Même le clapotis de l'eau semble interrompu. Ce qui paraît une tache de loin est une ecchymose de près. J'attrape Antonin comme une marionnette et remonte son short de bain pour l'examiner.

— Qui t'a fait ça ?

— Personne.

— Comment tu t'es fait mal ?

— En tombant du rocher.

Je tâte la blessure du pouce, étouffé par des idées sombres. Le grand format n'est pas suffisant, Marylène, il te faut le petit ? Passe encore ton défoulement sur moi, mais sur lui, je ne te le pardonnerais jamais. Le ressentiment devient un mélange de fureur et d'effroi.

— C'est maman qui t'a tapé ?

— Non !

— Dis-moi la vérité, est-ce que maman a été méchante ?

— Mais non !

Il débite ses réponses comme un tir de mitraillette. Un genou à terre, je pose mes mains sur ses épaules.

— Bonhomme, tu peux me faire confiance.

— Ça m'a fait un bleu quand je suis tombé.

— Si maman t'a frappé à la jambe, tu as le droit de m'en parler.

— C'est avec toi qu'elle joue à la bagarre, pas avec moi !

— Quoi ?

Je me statufie sur le carrelage alors que le petit me dévoile sa vision des choses :

— Même que tu fais semblant de perdre pour la laisser gagner.

J'en ai la respiration coupée. Il pense que nos disputes sont un jeu de rôle, que je me soumets à toi par galanterie. Il a dû coller son oreille au mur pour mieux nous entendre. J'ai beau dissimuler le problème, il en a parfaitement conscience. Ma préoccupation est de savoir s'il m'a vu saigner, dans quelle position je me tenais lorsqu'il m'a entendu crier. Avais-je les yeux fermés, la bouche ouverte ? Est-ce que je te priais d'arrêter ? Je ne veux pas lui poser toutes ces questions. Les ignorer revient à chasser ces images de bagarre. Il sait ce que j'endure mais il ne me l'a jamais avoué, par détachement du monde des grands ou parce qu'il préfère me savoir gagnant. J'essaie de ne pas céder à la panique et de rester digne, mais aucune forme de réponse rassurante ne vient. Je ne peux qu'abonder dans son sens.

— Ouais, bonhomme, tranquille ! On joue à la bagarre… et ce n'est pas très malin… ça ne mène à rien.

C'est le déclic, le point de non-retour, parce que je ne peux pas continuer à vivre comme s'il n'y avait aucun problème. Je suis consterné que le petit ait deviné la rage et la violence, la fureur qui craquelle les murs de notre appartement. Voilà où nous en sommes, Marylène : j'ai honte de nous.

— C'est pas rigolo si c'est toi qui perds toujours.

— Non, bonhomme, c'est pas marrant…

Je le serre fort dans mes bras et prie pour qu'il oublie ce misérable spectacle. La femme en bonnet de bain sort de l'eau et nous observe, pleine de tendresse. Elle croit que je suis le père de ce petit brun, qu'il a mes yeux, une ossature lourde, les jambes toniques qui en feront un bon rugbyman. Son sourire réussit à m'en convaincre.

— Tu te rappelles quand je suis tombé du rocher ? Bah, après il y a eu ça !

— C'est pas grave, bonhomme, ça va bientôt partir…

Antonin me passe une main dans le dos, comme un copain du rugby après une défaite, puis il se tourne vers le bassin pour accomplir son défi du jour. Il hésite un instant, ferme les yeux, prend une grande inspiration. Je lui répète tout bas que le secret est dans l'impulsion.

— Si tu plonges, bonhomme, je plonge avec toi.

Quand il s'élance, le corps étiré comme une grenouille, je l'applaudis. À mon tour, je pique une tête derrière lui et nous nageons la brasse jusqu'au petit bain. On joue au crocodile, on avale du chlore, on se tord de rire. Peu importe le reste de l'été.

25

C'était un dimanche. Je ne me rappelle plus quel mois.

Nous avions l'attitude d'un gentil couple qui emmène son fils jouer au ballon dans un parc. Je faisais des passes à Antonin tandis que tu nous observais, assise sur un banc, rêveuse et attendrie. Je ne sais pas pourquoi, les mots sont venus à cet instant, l'air de la nature ou l'image parentale que nous véhiculions, mais je me suis senti grisé au point de me tourner vers toi pour te dire :

— Et si je l'adoptais ?

— Qui donc ?

— Ton fils ! Je serais officiellement son papa.

Tu as éclaté de rire, tellement c'était mignon de ma part, et surtout naïf.

— Ça te prend comme ça ? Tu veux être son père ?

— Toi et moi, on est ensemble depuis presque deux ans, c'est le bon moment, non ?

Tu me souriais sans bouger, sans répondre, désorientée par ma question, t'efforçant de paraître le moins désagréable possible. Un homme et une femme sont passés entre nous avec une poussette. J'ai cru que leur bonheur déteindrait sur toi et te ferait fléchir en ma faveur. Avant qu'Antonin me lance le ballon, j'ai renchéri :

— Alors ?
— Quoi ?
— Si j'adoptais ton fils par déclaration ?
— Qu'est-ce que tu veux déclarer ? Tu n'es pas son père.

J'ai ri jaune, embarrassé et choqué, car ce rôle, je l'avais endossé tous les jours de la semaine, et depuis longtemps. Tu ne t'en rendais pas compte ou, au contraire, tu l'avais trop bien remarqué ? Il ne fallait pas que j'insiste. Un papa, une maman, un enfant, c'est tellement cliché, on devrait laisser ce slogan aux familles engoncées dans leurs traditions. On était un couple moderne, progressiste, bien au-delà de ces conventions. Tu refusais que j'adopte ton fils par une simple formalité administrative. C'était sans conteste un premier degré de violence. En attendant, j'étais autorisé à jouer avec lui.

À la suite de ma proposition qui te semblait futile, tu as branché tes écouteurs pour suivre un podcast littéraire. Sujet clos. Le petit a tapé dans le ballon et je l'ai rattrapé au vol, fait rebondir sur un genou, puis jongler avec mes cuisses. Il m'a demandé si j'avais été footballeur avant d'être agent immobilier. Un champion.

Nous n'avons jamais reparlé de cette idée d'adoption. Notre vie de famille fonctionnait mieux ainsi, sans l'ingérence d'une institution. Je t'embrassais tous les matins avec de vagues espérances. Peut-être qu'un jour nous aurions un enfant. On donnerait un frère ou une sœur à Antonin, qui, lui, aura toujours été comme mon fils.

26

Le retour des vacances nous replonge dans la routine métro-boulot-dodo. Elle m'arrange bien tant qu'elle me permet de t'éviter et de déclencher un conflit. Les collègues trouvent que j'ai bonne mine, Édouard est jaloux de mon bronzage. Lui a passé le mois d'août chez sa mère, à Tourcoing, malheureusement il a plu sans relâche. Il en a profité pour s'enfermer dans un cabinet dentaire et s'offrir un blanchiment en deux séances. On le remarque immédiatement, tant la couleur de ses dents tranche avec sa couperose.

À la rentrée, les ventes de biens immobiliers repartent à la hausse. Beaucoup de Parisiens quittent la capitale pour se loger en banlieue et gagner de l'espace. Je jongle d'un rendez-vous à l'autre, ce qui occupe mon esprit et m'empêche de réfléchir au déraillement de notre couple. Arrivé le samedi, c'est une autre musique, un vieux disque rayé. Tu me cries dessus parce que j'ai préparé des saucisses Knacki à Antonin. Tu recherches l'emballage dans la poubelle pour me le mettre sous les yeux. Tu rabâches qu'elles sont composées de cartilage et de moelle réduits en mélasse, d'additifs et de colorants nuisibles à la santé. Tu claques les portes des meubles de la cuisine en me traitant d'imbécile et d'irresponsable.

Tous les moyens sont bons pour orchestrer une dispute et me rabaisser devant le petit. Je te tourne le dos et lui fais un clin d'œil. Il fabrique un volcan dans sa purée à base de flocons déshydratés.

L'odeur des saucisses Knacki te dégoûte. D'une extrême pâleur, le teint cireux, tu t'es repliée dans le salon en croquant une pomme. J'ai tout de suite pensé que quelque chose n'allait pas. Je te propose de rendre visite à ma mère dans l'après-midi, elle serait heureuse de revoir Antonin. Tu grinces des dents, non seulement à l'idée de traverser le périph, mais aussi de te coltiner les vieux albums photos et de manger des crêpes. Ma mère met trop de fleur d'oranger dans la pâte, ça t'écœure. Elle mange trop sucré, elle radote. Ma mère est chiante, finis-tu par lâcher. J'avale un quartier d'orange en ne prêtant aucune considération à tes propos.

Tu sembles tourner de l'œil sur le canapé. Je pose une main sur ton front pour vérifier si tu as de la fièvre. Tu me repousses, en te précipitant pour aller vomir. « Excuse-moi, je ne me sens pas bien. » Quand un homme provoque un tel haut-le-cœur chez sa femme, il est temps qu'il fasse ses valises. Il peut se réfugier dans un peep-show ou une cabane sur les rives d'un lac gelé. Rends ta haine, Marylène, tripes et boyaux. Ce qui me mine, c'est de prendre la triste habitude d'être traité comme un chien mouillé, qu'on rabroue sans cesse et qui rase les murs pour se rasseoir aux pieds de sa maîtresse.

J'ai emmené Antonin faire du vélo pendant que tu te reposais dans la chambre. Je l'ai photographié en train de pédaler autour de l'étang, la bouche grande ouverte, gobant les mouches. Si je te quitte, tu m'empêcheras de le revoir. Ce sera ma condamnation, ma gifle suprême. Comme je ne suis pas le père, la justice me refusera un droit de garde. Tout ce qu'il me restera de lui, ce seront des photos à la plage ou à la montagne, soufflant sur les bougies d'un gâteau, un selfie dans mes bras avec des oreilles de lapin, des souvenirs d'un futur astronaute.

À notre retour, le petit s'en est allé jouer avec le fils de la voisine. Dans la chambre, tu as retrouvé des couleurs, mais je m'inquiète quand même à ton sujet. Je te demande si tu as envie d'une soupe ou d'un cachet d'aspirine. Tu me dis non, pas la peine, ce sont les effets secondaires d'un traitement que tu as pris, rien de méchant.

— Un traitement de quoi ?

— Ne t'inquiète pas.

— Tu es malade ?

Tu te pinces les lèvres avant de me répondre :

— Non… j'ai avorté.

Je crois mal comprendre. Je te demande de répéter.

— J'ai des nausées et mal au ventre parce que j'ai avorté vendredi.

Je te questionne sur ta santé et tu me lâches ça froidement. Tu aurais pu me mentir, garder cet événement secret, mais dans ton for intérieur, tu as envie de m'en faire part, de lire sur mon visage la stupéfaction de l'homme atterré. C'est comme un coup de pied latéral sur un ring de boxe.

Tu es tombée enceinte début juillet, après la soirée d'anniversaire chez ta collègue. Nul besoin d'étudier les positions de la procréation pour comprendre la fabrication d'un bébé. Une soirée alcoolisée et l'humeur en rut avaient favorisé le terrain. Ton urgence n'a pas été de m'en parler, mais de prendre rendez-vous chez la gynécologue. Elle t'a demandé de bien réfléchir mais tu étais certaine de ta décision. Tu n'envisageais pas d'avoir un deuxième enfant. Les conditions de vie à Paris sont périlleuses : entre les grèves, les attentats et la pollution, le climat social est morose. On a plus envie de fuir que de s'agrandir ici. Elle t'a rappelé que tu aurais bientôt quarante ans, que c'était peut-être ta dernière chance. Tu as haussé les épaules. Et le père, qu'est-ce qu'il en pensait, lui ? Mieux valait qu'il ne soit pas au courant. Le père, il serait fier d'être papa et l'annoncerait à ses copains du rugby, il leur montrerait l'image de l'échographie comme une médaille. Dans son cabinet, tu as avalé un premier médicament en vue d'interrompre la grossesse.

Tu me racontes cette entrevue comme si tu étais allée chez le coiffeur pour un coup de peigne. Une décision prise à la sauvette, en sautant l'heure du déjeuner. Quant à la suite du traitement, tu y es retournée deux jours plus tard, afin d'expulser l'œuf. Je reprends tes mots, froids et chirurgicaux. Tu étais pressée de te débarrasser de l'affaire. Une simple formalité.

Cet été, pendant que l'on se promenait, que l'on se baignait, que l'on s'installait à la terrasse des restaurants, tu étais enceinte. Du sommet de la Rhune jusqu'aux plages du Pays basque, je gardais une certaine contenance face à ton humeur austère, alors que tu avais hâte de retrouver ta gynéco.

— Tu aurais pu m'en parler !

— À quoi ça t'aurait servi ? Je vois bien comment tu t'occupes d'Antonin, comment tu rêves d'une flopée de gamins.

Je te reproche de me l'avoir caché, parce que cette décision se prend à deux. Merde, Marylène ! On l'a fait ensemble, ce gosse, on est encore jeunes, on gagne bien notre vie. Si j'avais voulu fonder une famille, tu me fauchais dans mon élan. On ne se disputera pas pour choisir un prénom de fille ou de garçon. On ne peindra pas sa chambre en jaune, parce que rose ou bleu, c'est tellement emprisonnant. Je ne ressentirai pas le bonheur de lui tenir la nuque et de lui chanter des comptines en lui donnant le bain.

— Tu serais bien le genre de mec à m'imposer un gosse !

— C'était aussi mon enfant, Marylène !

— Mais c'est mon corps, bordel ! Tu sais ce que c'est d'avoir le ventre gonflé, des vergetures, des contractions, la respiration coupée ? Tu sais ce que c'est une épisiotomie ? Imagine qu'on te coupe la bite ! La sensation de déchirure et l'urine qui brûle. Excuse-moi mais je n'ai pas envie d'avoir le vagin éclaté et de me chier dessus devant une infirmière. Et j'ai quarante ans, merde ! C'est trop tard !

Je ne blâme pas ta décision, c'est ton corps, ton projet de vie. Je déplore seulement que tu aies fait ça dans mon dos. Chacun est un égoïste aux yeux de l'autre, parce que je souhaite passionnément ce à quoi tu renonces. Tu ne veux rien garder de moi, aucune trace de mon passage, surtout pas un ovule que j'ai fécondé. La conclusion me semble évidente : nos chemins se séparent là.

— Tu crois que j'ai avorté par plaisir ? Tu crois que ça m'amuse de saigner et de vomir ?

— Non... je crois surtout que tu n'es plus amoureuse.

Tu me fixes un instant, avant de m'envoyer paître :

— Dégage ! Fous le camp ! Va chez ta mère !

Je te rattrape par le bras, sans savoir qu'en faire, excepté cette envie de le broyer, que ça te blesse, que ça te fasse aussi mal que la douleur intercostale qui me transperce. De ta main libre, tu chopes le cintre posé sur la commode pour me frapper comme une forcenée. Quand la machine infernale est lancée, rien ne peut l'enrayer. En pleine face, le crochet me griffe la joue, me coupe la lèvre, rate mon œil. Je le saisis au vol et l'arrache de ta main.

— Marylène ! Ça suffit !

— Dégage, connard !

Dans un élan de rage, tes deux mains agrippent ma tête et la cognent contre le mur. Je la protège entre mes bras après le choc du rebond. Un peu étourdi, la lèvre inférieure fendue, je sors de la chambre. Ici, la guerre est déclarée. Tu m'obliges à marcher sur un champ de mines et me claques la porte au nez. Le bruit conclut ce moment où je venais juste me préoccuper de ton état de santé. Il faut que je te quitte, Marylène, tu ne me donnes pas envie de rester. Je n'ai plus d'arguments, ni de patience, ni d'espoir. Si je repousse l'échéance, c'est parce que je crains de serrer Antonin dans mes bras pour la dernière fois. En mettant un terme à mon calvaire, j'en créerai un autre. Je te laisse tranquille, mais ne sous-estime pas la détermination d'un homme silencieux.

Alors je pars en courant. Je préfère quitter l'appartement plutôt que d'entrer dans la chambre, de m'énerver à mon tour, de commettre l'irréparable. Je dévale l'escalier et personne ne me retient, personne ne sait où je vais. Moi-même, je n'en ai pas la moindre idée.

27

Sur le trottoir, je prends une bouffée d'oxygène. L'air tiède gonfle mes poumons à bloc. En levant les bras au ciel, je m'imagine devenir un chêne au feuillage verdoyant. Solide sur mes jambes, je replie ma lèvre inférieure pour avaler une goutte de sang. Des gens passent devant moi sans me prêter attention.

Où vont les hommes battus quand ils arpentent la ville sans baluchon ? Si je pouvais en croiser un autre sur le trottoir, la joue balafrée, les yeux mouillés, je lui ferais une accolade, et je l'inviterais à boire une bière à la guinguette des mal-aimés.

Suivant mon chemin, je monte dans un bus, au milieu de familles réjouies par ce beau mois de septembre. Les parents prévoient de pique-niquer au parc des Buttes-Chaumont samedi prochain. Les enfants tapent des mains, pressés de jouer dans l'herbe, de manger des framboises ou des fraises. J'ai l'impression qu'ils se sont rassemblés autour de moi pour m'afficher leur bonheur en gros plan.

Après trente minutes en leur compagnie, je descends à Pigalle. Sur le trottoir, un vieux monsieur en costume gris me demande une pièce. Je pense être sur la bonne voie. Les vieux messieurs au visage buriné qui font la manche à la sortie du métro ne traînent jamais loin d'un bistrot. Au fond d'une rue pavée, j'atterris au comptoir d'un bar mal éclairé, à l'atmosphère lourde. Un bruit de télé rompt le silence entre les hommes qui ne mènent pas l'art de la conversation. Chacun est dans son coin, pépère, à l'abri des soucis. Une odeur d'anisette et de tabac froid flotte dans l'air. Des relents de triste solitude aussi. C'est un lieu d'habitués qui se cramponnent au zinc en fin de journée. Le barman essuie des verres derrière le comptoir. Visage ovale, moustache touffue, l'air grave, il porte un T-shirt blanc froissé, jauni sous les aisselles. Je n'ai pas le temps de passer ma commande que mon téléphone vibre. Mon corps se raidit car je sens la menace planer. Une sale évidence qu'il s'agit de toi, Marylène, que tu m'ordonnes de rappliquer.

Ça me ferait plaiz de te voir, gros.

Alban me fait signe. Je lui réponds de venir au plus vite. J'ai quitté l'appart après une dispute, je traîne mon ennui dans un bar de Pigalle. Sa réponse est immédiate : il me rejoint illico. Quitte à noyer sa déprime dans la bière, autant trinquer ensemble. On reconnaît là les vrais amis. Je prends de l'avance en commandant la première.

Le barman me tend une brune qui vire au noir ébène et dont la mousse colle au palais. Accoudé à l'autre bout du comptoir, un type chauve marmonne tout seul. Dans la salle, deux hommes boivent un Ricard en regardant une course cycliste à la télévision. L'un d'eux s'étire sur sa chaise et bâille fort. Contre le mur, un vieux en béret est penché sur le journal. Il lit chaque article, comme s'il sortait d'un long coma et reprenait contact avec la réalité. Je ne l'ai pas remarqué d'emblée mais les femmes sont absentes de ce bar. Guidé par l'instinct, je suis entré dans le bar des hommes solitaires, ceux qui se diluent dans les vapeurs d'alcool, qui se retiennent de pleurer mais craquent en fin de soirée, juste après une dernière liqueur de mirabelle. Je viens compléter le lot. Si nous formions un groupe de parole, oserais-je leur dire que je suis frappé par ma femme ? Ils salueraient mon courage de partager ce qu'il y a de plus intime, de dépasser le jugement et les calomnies. Assis en cercle, au milieu de la poussière et des écorces de cacahuètes, nous nous prendrions par la main et je verbaliserais mes émotions. Ensuite le barman paierait sa tournée.

Dans ce troquet, les hommes évitent de se regarder en face, car chacun est le miroir de l'autre. Et de l'autre côté du miroir, on devine une lente glissade vers l'isolement à perpétuité.

Je n'ai pas envie de finir les coudes collés au zinc, à feuilleter les pages des faits divers ou parler seul à mon ami imaginaire. Je dois te quitter, Marylène, avant de mourir à petit feu. Je dois te quitter parce que je ne me sens pas aimé. Je dois te quitter parce que tu ne veux rien de moi, rien qui porte mes gènes et mon sang. Je dois te quitter parce que tu m'as poussé jusqu'ici.

En attendant, je plonge mon nez dans la mousse.

Vingt minutes plus tard, Alban me rejoint, surpris de me voir à ce comptoir, la lèvre fendue, une goutte de sang séché.

— Bah alors, gros ! Qu'est-ce qui t'est arrivé ?

— Je suis tombé dans l'escalier en partant.

Il passe son bras autour de mes épaules, geste familier lorsqu'on perd en fin de match.

— Qu'est-ce que tu fous là ?

— Je vais quitter Marylène.

— Hein ? Bordel de merde ! Quoi ?

J'affirme cette idée haut et fort pour visualiser l'action, et que tous les hommes ici présents m'entendent. Aucun d'eux ne relève la tête. Alban se doute que les vacances se sont mal passées mais il ne réalise pas que mon couple est en ruine. On est Marylène-et-Jean-Mi, coup de foudre un soir d'été, rien ne pouvait détruire cet amour idyllique. Qu'est-ce que je branle dans ce rade, assis sur un tabouret ? Je termine ma bière avant qu'elle ne devienne tiède, et surtout pour me donner de l'aplomb.

— Marylène… elle n'est pas facile à vivre.

— Vous vous êtes tapés dessus ou quoi ?

— Meuh non !

Ne rien avouer. Garder fière allure. Si un gaillard se laisse battre par une femme, il devient un pauvre type. Il est anéanti, émasculé, hué dans les vestiaires, viré du club de rugby.

— Je la déteste. C'est une ordure, une grognasse, une casse-burnes !

— Ah ouais, quand même…

Les mots ont résonné dans le bar sans déranger les habitués du lieu. Je t'insulte, première étape nécessaire avant de prendre mes distances. Alban est abasourdi car il ne m'a jamais entendu parler d'une femme sur ce ton. J'ai toujours été respectueux et discret, un homme qui ne déballe pas son linge sale en public. Il sent que j'ai besoin de déverser ma rancune et se dit qu'il est primordial de s'emparer d'un bol de cacahuètes grillées. La soirée risque d'être longue. La bière arrive à temps pour nettoyer nos bouches. « Ah, les femmes ! » s'exclame-t-il en trinquant. Je préfère rester sur cette note ironique, sans lui avouer que la mienne me dresse à coups de gifles, de poing, de pied, de cendrier jeté à la gueule ou de cintre à la figure. Il veut comprendre comment je suis passé de l'amour à la haine sans qu'il s'en aperçoive. Il risque de tomber de son tabouret. Alban est un chic type, avec qui je pourrais traverser le Cambodge à mobylette. C'est aussi un blagueur, le gars de la bande qui tourne tout en dérision. Je n'ai pas envie d'être traité de femmelette dans les vestiaires du rugby. Le seul incident que j'arrive à partager, c'est ton avortement, une raison qui fissure un couple, craquelle le vernis jusqu'à l'éclatement. C'est un problème qui en cache un autre.

— Elle ne veut pas d'enfant de moi.

— Vous en avez parlé ?

— Elle s'en est débarrassée.

Alban se fige sur le tabouret, de la mousse collée à sa barbe. Lui qui vient d'être papa comprend ma désolation. Il a bien vu que quelque chose ne tournait pas rond, que tu étais mal lunée parfois et que la remarque cinglante tombait facilement. Il me bombarde de questions sur ton état de santé, cherche des raisons à ton geste, fouille sur Doctissimo. On y parle peut-être de la peur d'être enceinte.

— Tiens, regarde, ça s'appelle la tocophobie.

— Ça n'a rien à voir.

Je lui résume les faits en une seule phrase :

— Entre nous, c'est fini, voilà tout…

— Tu me le dirais si tu lui avais mis une branlée ?

— Arrête avec ça !

— Non mais, gros, t'as vu ta gueule ? On dirait qu'elle s'est vengée sur toi.

Il n'y a pas de place pour une autre version de l'histoire. Dans les faits divers, l'homme a le monopole du statut de tortionnaire. L'inversion des rôles est ahurissante. Elle dérange, perturbe, pousse à la moquerie. J'espère qu'Alban va arrêter de me barber avec ses questions. S'il savait la vérité, il se roulerait par terre, sans même être éméché. Il cogne son front contre le mien, en signe de ralliement comme au rugby. Ensemble, on est forts.

— Avant que tu vires alcoolo, gros, qu'est-ce que je peux faire pour toi ?

— D'abord, arrête de m'appeler gros. Ensuite, reste avec moi ce soir, on mange des nems dans un resto chinois. Je préfère rentrer tard, quand Marylène dormira.

— D'accord, mais à la sauce aigre-douce, les nems.

Le barman se gratte l'oreille avec l'auriculaire et nous propose une nouvelle tournée de bière. Forcément, on approuve. Je ne serai pas heureux de boire tant que je ne serai pas ivre. Alban me tend le bol de cacahuètes grillées, qui doivent contenir quatorze traces d'urine d'hommes désœuvrés passés par là ces derniers jours.

28

Tu n'es pas étonnée de me voir replier le canapé ce matin. Il était évident que je devais dormir là, c'est la place des sales mecs qui imposent un gosse à leur femme. Il manque trois lattes, le matelas est défoncé. Tu répétais qu'il fallait le changer et s'acheter un convertible plus confortable. Je te l'accorde volontiers. La nuit a été redoutable.

Nous nous croisons devant la machine à café sans nous adresser la parole. Tu ne cherches pas à savoir à quelle heure je suis rentré, ni dans quel état. Il flotte un moment d'incertitude : doit-on continuer de se taire ou échanger des banalités ? Le désamour nous suit à la trace comme une hyène ricaneuse et puante. Nous ressemblons à ces couples de divorcés qui font chambre à part et se retrouvent dans mon bureau pour vendre leur appartement. Antonin se précipite dans tes bras en sortant de sa chambre. C'est un territoire de transition avant d'attaquer la journée d'école. Je lui caresse les cheveux, sa tête posée contre ton épaule, en faisant bien attention de ne pas effleurer le grain de ta peau.

Comme tous les matins, je lui presse une orange, mais aujourd'hui tu me dis : « Laisse, je vais le faire. » Je m'y oppose, non par humeur conflictuelle, mais pour te laisser le temps d'un shampoing et de te maquiller. Tu enfonces le clou : « Je t'ai dit que j'allais le faire ! » Antonin ne comprend pas l'enjeu derrière ce jus d'orange pressé : la prééminence du parent formidable. Celui qui le nourrit de vitamines, fortifie ses os, l'abreuve de bonne humeur. Tu ne supportes plus que je m'occupe de lui. Cette fonction m'est accordée uniquement à la sortie des classes, quand le travail te retient dans les hautes sphères de l'édition. J'ai un instant d'hésitation pendant lequel je pourrais t'éclater l'agrume dans la gueule. Finalement, je laisse l'orange sur la table et débarrasse le plancher, impatient de retrouver ma plage horaire réservée à ce fils éphémère.

Arrivé en avance dans le quartier d'affaires, je cherche la coiffe blanche de sœur Solange au milieu des costumes foncés et des tailleurs stricts. Le week-end a été chargé d'émotions, j'ai besoin de me confier à ma *love coach*. Malgré un tour d'horizon, je ne l'aperçois pas en train de faire la quête. Une bonne sœur ne fréquente pas les Starbucks mais il y a peut-être exception aujourd'hui. Me rendant sur place, la demoiselle au comptoir ne cache pas son étonnement. Elle affirme qu'aucune religieuse ne lui a commandé un café allongé sans sucre. « On n'en croise pas beaucoup par ici, en général. » Sœur Solange ne sort quand même pas de mon imagination. On s'est parlé, vus régulièrement. On a philosophé et pris la pose de l'arbre ensemble. J'entends encore sa voix haut perchée retentir sur l'esplanade.

La demoiselle ajoute :

— Vous avez jeté un coup d'œil à l'église d'à côté ?

— Parce qu'il y a une église à la Défense ?

— Bah oui ! Si vous cherchez une bonne sœur, à coup sûr, elle bosse là-bas.

Les clients du Starbucks sont concentrés sur leur journal ou leur ordinateur portable, moi je recherche une vieille dame avec un chapelet. La première fois que je l'ai rencontrée, elle avait disparu au pied d'une tour, derrière le bâtiment voûté. C'est dans cette direction que le vent me pousse.

Loin de croire que ma vie conjugale puisse s'arranger, il demeure au fond de moi l'espoir que les paroles d'une religieuse vont m'apaiser, alors même que je suis complètement athée. Ce que Dieu me pardonnera. Je traverse l'esplanade pour me retrouver face au bâtiment en forme de vague. À l'aplomb se dresse un bloc de verre assorti aux buildings. Rien ne semble étrange, excepté cette croix sur la porte qui dévoile l'entrée d'un édifice religieux. Dans ces moments, on a envie de se taper le front en s'exclamant : « Bon Dieu ! Mais c'est bien sûr ! » C'est sûrement là qu'officie sœur Solange, et si ce n'est pas le cas, elle doit être connue comme le loup blanc. Un homme en pantalon de velours vient à ma rencontre, débonnaire, très accueillant.

— Bonjour, mon frère, tu viens pour le café ?

— Euh non… j'en ai déjà bu un.

— Tu souhaites une brochure alors ?

Il m'offre le dépliant de l'église Notre-Dame de Pentecôte. Fondue dans le décor, je ne l'avais jamais remarquée. Hier soir encore, je traînais mon ennui dans un boui-boui d'alcooliques, et ce matin je pénètre dans un lieu de culte qui panse les plaies du monde capitaliste.

— Tu fais partie du groupe de louange ?

— Hein ? Non.

— Viens écouter la parole de Dieu et réponds-lui avec amour.

— Je ne crois pas en Dieu mais en sœur Solange, vous la connaissez ?

Dans le hall vitré, la voix de ma *love coach* résonne : « Jean-Miii ! Quel bon vent t'amèèène ? » Stupéfaite de me retrouver dans une église, elle a ce regard d'oiseau inquisiteur, planqué derrière ses lunettes rondes. « Je te fais visiter les lieux ? » Volontiers, j'accepte. Elle m'entraîne du foyer des sans-abri jusqu'à la grande salle où le père François célèbre la messe. Devant la croix du Christ, elle m'explique que je ne suis pas le seul à ignorer l'existence de ce lieu. Quelques travailleurs s'arrêtent parfois pour se recueillir, beaucoup d'étudiants en école de commerce viennent déposer un cierge en période d'examens. D'une architecture moderne et minimaliste, l'espace est lumineux grâce aux panneaux de verre et aux spots au plafond. L'église est adaptée à l'environnement clinquant du quartier d'affaires. Sœur Solange me fait asseoir sur un siège en bois, noble et spartiate, idéal pour la confidence. Alors je me lance :

— Ma sœur, j'ai failli être père !

— Allons bon ! Tu voulais entrer dans les ordres ?

— Non ! Je veux dire, j'aurais pu être papa… Marylène a avorté sans rien me dire.

Je lui raconte le rendez-vous chez la gynécologue, la prise de décision unilatérale, la froideur de l'intervention, et la dispute qui s'en est suivie avec ma lèvre coupée en guise de trophée.

— Ah, mon garçon ! Tu aurais déjà dû déménager.

— Elle a besoin de moi le soir pour s'occuper de son fils.

— Est-elle une bonne mère, au moins ?

— Elle l'adore. C'est l'amour de sa vie. Elle n'est violente qu'avec moi.

— Alors c'est une bonne chose qu'elle n'ait pas gardé ce bébé, ça aurait compliqué ta situation.

— Je croyais que l'Église condamnait l'avortement ?

— Arrête de me voir comme une vieille bigote versaillaise !

Sœur Solange prend mes mains dans les siennes, froides et recouvertes de veines bleutées. Elle me conjure de garder la tête haute, de quitter ma compagne avant que notre histoire ne parte en vrille et s'affiche dans la rubrique des faits divers, avant que la violence n'engendre un meurtre. C'est la première fois qu'elle parle avec autant de gravité. Un accident ménager est si vite arrivé : un mauvais choc à la tête, une chute dans l'escalier, un couteau dans le dos. Elle m'implore de réagir, sinon il m'arrivera malheur.

— En tant qu'ancienne experte-comptable, j'ai connu une autre forme de violence, ici, dans les tours de la Défense. La pression, le rendement, le profit à tout prix. J'étais dans un tel état d'épuisement physique et émotionnel, ma vie n'avait pas de sens. Un jour, j'ai dit stop ! J'ai fui mon quotidien et, sur mon chemin, j'ai rencontré une sœur de la Charité. La banque n'était pas la voie à suivre tout simplement. Crois-moi, mon garçon, il est humain de se tromper, mais persévérer est diabolique.

Il n'y a pas de moment propice pour quitter cette prison dans laquelle je m'enferme. Je n'ai qu'à rassembler mes affaires et partir. Le dilemme se corse dès que je pense à Antonin. Chaque minute auprès de lui vaut bien mille sautes d'humeur de ta part, Marylène. Je n'ai pas peur des coups, j'ai peur du vide qu'il laissera quand je serai parti. Il n'y aura plus de questions insolites, d'étoiles dans les yeux, de plongeon dans la piscine ou de mie de pain croustillante.

— Pourquoi tu ne demandes pas un droit parental ?

— Parce que je ne suis pas le père !

— La loi l'autorise pour un beau-père gentil comme toi. Tu l'as élevé, ce petit, tu l'aimes et il te le rend bien, alors bats-toi, nom de Dieu !

— Comment êtes-vous au courant de ça ?

— Le monde change très vite, mon garçon, ma mission est de m'adapter à notre planète et à toutes les brebis égarées qui l'occupent.

— Le problème, c'est que je n'ai pas le statut de beau-père. Je ne suis même pas pacsé avec Marylène…

— M'enfin ! Regarde sur Google !

Le fond d'écran du téléphone de sœur Solange est une photo de la Vierge Marie hypercolorée. En cliquant, elle me fait lire le compte rendu de ses recherches. Un texte de loi de 2013, une référence évidente à ce statut de beau-parent : « *Si tel est l'intérêt de l'enfant, le juge aux affaires familiales fixe les modalités des relations entre l'enfant et un tiers, parent ou non, en particulier lorsque ce tiers a résidé de manière stable avec lui et l'un de ses parents, a pourvu à son éducation, à son entretien ou à son installation, et a noué avec lui des liens affectifs durables.* »

— Parent ou non, tu vois c'est marqué là. Je suis vieille et myope mais j'ai de bonnes lunettes.

— Ma sœur… je ne sais pas par où commencer…

— Haut les cœurs ! Va porter plainte au commissariat pour coups et blessures, ta requête aura plus d'intérêt.

— Je n'y arriverai jamais. Ils ne me croiront pas.

— Moi, je te crois, Jean-Mi. Je vois les bleus et les cicatrices, la mélancolie dans tes yeux. J'entends ce cri étouffé que tu n'oses pas pousser, parce que tu es persuadé qu'un bonhomme, ça ne pleure pas.

— Marylène est avant tout la mère d'Antonin, je ne peux pas lui faire ça ! Elle est débordante d'amour pour lui.

— Et la gardienne des enfers face à toi.

Je relis le texte de loi. « *Parent ou non* », ce sont les mots que je retiens, qui peuvent m'aider à garder un lien avec le petit. En général, on entre dans un lieu de culte pour s'accorder une pause spirituelle, obtenir une chance de rédemption. Moi, j'y recueille des informations juridiques qui figurent sur Internet, et j'écoute les conseils d'une bonne sœur me pressant de passer à l'action.

29

On ne naît pas homme d'action, on le devient.

Je me répète cette phrase en allant déposer une main courante au commissariat, pas celui de la Défense mais de Courbevoie. Autant m'éloigner des regards indiscrets des *executive women*, des *golden boys*, des courtiers d'assurances qui jouent au rugby le jeudi soir. Je profite de la pause déjeuner pour faire un détour. Le cœur va de l'avant mais la raison freine l'élan. Sous le drapeau tricolore, j'entends la voix de mon père me rembarrer avec une rudesse militaire : « Et alors, Jean-Mi ! T'as des problèmes de gonzesse ? » Il m'est difficile de témoigner de coups et blessures. Face à un homme, je serais ridicule. Face à une femme, je serais pitoyable. Ils me pointeraient du doigt en se fendant la poire. « Attention, monsieur, après ce sera la fessée ! » Des rires gras entrecouperaient leurs blagues.

Je trouve le courage de gravir les marches en pensant fort à Antonin. On a des poneys à monter, des pistes enneigées à descendre, des théorèmes à retenir par cœur.

Depuis le sas d'entrée, j'aperçois un jeune officier de police, cheveux ras, imberbe, gringalet, flottant dans un polo bleu ciel. Il est seul derrière le guichet, les poings sur les hanches, se donnant une contenance virile.

— C'est pour quoi ? demande-t-il d'une voix qui oscille d'un registre grave à l'aigu.

Il me paraît ingénu, avec tellement de choses à apprendre, ignorant encore les dérives de la vie conjugale.

— Je viens vous voir parce que... c'est compliqué avec ma femme...

Les mots sont chargés de honte, ébranlés par ce qu'ils incarnent. Ils s'arrêtent à mi-chemin, rebondissent dans mon thorax, se bloquent contre une côte. Le jeune policier me fixe et je n'arrive pas à le regarder en face. Je bredouille des propos juridiques, je bafouille un truc sur le droit parental.

— Ah, mais pour ça, m'sieur, faut s'adresser au juge aux affaires familiales.

Je passe définitivement pour un benêt. Il me fait signe de patienter et répond au téléphone. Sur le mur au fond, des posters sensibilisent aux risques de l'alcool au volant, à la vigilance contre le vol et au délit de violence conjugale. Gros plan sur une femme livide, l'œil au beurre noir, empêtrée dans une histoire sordide. Un numéro d'appel est inscrit en rouge pour toutes les victimes qui se reconnaissent en elle. Il pourrait s'agir d'une cliente, d'une stagiaire de l'agence, de ma mère. Au-delà des coups se dessine une ombre avilissante : l'oppression des machistes qui rabaissent les femmes, les brutalisent, les musellent et les renvoient aux tâches ménagères. Dépréciées depuis l'âge de la pierre taillée jusqu'à l'ère #MeToo, elles sont les martyres d'un système patriarcal abject. On le répète au journal télévisé, on le scande dans la rue. Si une campagne de pub s'affiche dans les commissariats, c'est parce que la menace est toujours présente. Alors moi, qu'est-ce que je fous là ? En tant qu'homme, je n'ai pas ma place sur ce poster. Je suis l'ennemi, la brute épaisse, le descendant des chasseurs et des guerriers. Le sang des tortionnaires coule dans mes veines. Après tout ce que subissent les femmes, de quoi je me plains ?

S'il était encore valide, mon père me tournerait le dos, mes frères baisseraient les yeux, mes copains du rugby me traiteraient de carpette. Et cette femme sur le poster, qu'est-ce qu'elle pense de moi ?

Le policier raccroche le téléphone et me questionne à nouveau, mais je ne sais pas quoi répondre. Je n'encaisse pas le poing sombre du patriarcat dans la tronche, j'en reçois les injonctions d'être un mâle dominant. Si j'échoue, je dois quitter le groupe et rendre mon maillot. Le flic est trop jeune pour envisager ce déséquilibre sociétal, où l'homme n'a pas forcément l'ascendant sur sa femme. C'est un renversement des pôles qui va déclencher l'apocalypse dans sa tête. Il est peut-être fils de gendarme, de pompier ou de militaire, bien élevé dans un stéréotype où l'homme défend son territoire et son intégrité, sinon c'est une chiffe molle.

— C'est quoi le problème, monsieur ?

— Ma femme s'énerve parfois…

— Elle frappe le gosse ?

— Non !

— Alors quoi ?

— Rien…

Cette réponse ne reflète pas le néant mais calfeutre la vérité. Il ricanerait comme un adolescent boutonneux. Il enverrait des messages à ses collègues ou des tweets. Je passerais pour un trouillard qui monte sur une chaise dès qu'il voit une souris. Je lui dis :

— Désolé, je me suis trompé d'adresse.

L'humiliation prend le dessus, mon honneur redevient ma priorité absolue. La bouille d'Antonin disparaît dans une brume opaque. Le policier me demande si je vais bien car j'ai l'air perturbé. Mes jambes sont tournées vers le départ et motivées à courir vite. Je me carapate en laissant derrière moi ce moment d'embarras, et tant pis si sœur Solange n'est pas fière de moi.

En sortant du commissariat, je ne sais pas comment chasser cette honte qui me pèse sur l'estomac. Qu'est-ce qu'elle signifie ? Qu'un homme ne peut pas s'estimer victime de violences conjugales ? S'il se laisse battre par une femme, c'est une poule mouillée ? Je ferme les yeux en prenant une grande inspiration. Mes bras s'étirent vers le ciel et taquinent une flopée de nuages. Sur le goudron, je deviens un palmier entouré de cases colorées au bord d'une plage de sable blanc. Certains passants doivent me prendre pour un cinglé ou un amateur de tai-chi. Si je me concentre bien, j'entends la mélodie d'un joueur de banjo solitaire sur une barque.

Quand je rouvre les yeux, ce n'est pas l'eau turquoise qui s'impose à mon champ de vision, mais Édouard sur le trottoir d'en face. Mon manager rôde souvent dans le quartier et discute encore avec une dame âgée. Il semble entretenir un réseau d'octogénaires dans son carnet d'adresses. Celle-ci porte un châle et des charentaises aux pieds. Je me planque derrière une voiture pour les observer un instant. Édouard affiche toujours une attitude conciliante, outre sa lavallière et son blanchiment dentaire récent. Sa posture impose la confiance et le respect à qui souhaite faire une bonne transaction. Je l'ai souvent étudié, analysé, pour mieux l'imiter. Comme la fois précédente, il pose sa main sur l'épaule de l'aïeule et lui tend sa carte professionnelle. Elle a l'air enchantée. Il lui mime le téléphone avec sa main, l'assure de la rappeler dans les meilleurs délais. La vieille dame reste hébétée jusqu'à ce qu'Édouard hèle un taxi pour repartir à l'agence.

Lorsque je m'approche sur le trottoir, son sourire s'illumine.

— Ah c'est toi ! dit-elle en me tombant dans les bras.

Tant de familiarité me déconcerte, sachant que l'on ne se connaît pas, que l'on a rarement eu l'occasion de boire une bière ensemble. Elle ajoute :

— J'ai vendu l'appartement – avant que sa voix ne s'étrangle à la vue de ma lèvre fendue.

Prise d'un doute, elle réalise que nous ne sommes pas si intimes, finalement.

— Rooh ! Je suis confuse, je vous ai confondu avec mon fils. Il est boxeur comme vous.

— Ah, mais moi je ne suis pas boxeur, madame, je suis agent immobilier.

Son regard se perd dans le filet d'eau qui coule le long du caniveau, puis soudain elle me demande mon âge, combien je chausse, si j'ai vu passer Mirza… Des questions décousues qui l'aident à faire connaissance mais qui m'alarment un peu.

— Et il habite où, votre fils ?

— À Fréjus !

— Ce serait bien de lui téléphoner.

— Fréjus, c'est loin, on y fabrique de l'huile d'olive et il y a la mer. Vous y êtes déjà allé ?

— Non, mais j'aimerais bien parler avec votre fils.

Elle me répète combien je lui ressemble et qu'il lui manque, puis elle ajoute à quel point c'est difficile de prendre le bus. Chaque fois, elle oublie de descendre à la bonne station. Elle a envie de quitter Paris et de sentir l'odeur des oliviers.

— Vous vous appelez comment ?

— Jean-Michel, mais je préfère Jean-Mi.

— Vous ressemblez tellement à mon fils ! Il est boxeur comme vous. Il habite à Fréjus. C'est loin…

La vieille part en boucle sur le trottoir. Je n'ose pas l'abandonner là, toute seule. Qu'est-ce que manigance Édouard ? Il semblerait que mon manager baigne dans un business crapuleux.

— Si vous voulez, madame, moi aussi je peux estimer votre appartement.

Convaincue en un tour de main, elle passe son bras sous le mien et m'invite chez elle.

— C'est au quatrième étage, me dit-elle, heureusement il y a l'ascenseur.

30

La mère du boxeur de Fréjus habite une résidence arborée. Je l'ai convaincue de me laisser visiter son appartement en vue d'une contre-expertise. Un beau séjour donnant sur une loggia lui confère un énorme potentiel. Édouard l'a estimé à un prix largement en dessous du marché. Je doute que ce soit une erreur de sa part. Il ne vise pas seulement les couples divorcés pour accroître son chiffre d'affaires, il traque aussi les vieilles dames qui errent en charentaises sur le trottoir. Son pouvoir de persuasion est imparable. Il les amadoue, leur fait entendre raison, les incite à rejoindre une maison de retraite : on se sent moins délaissé là-bas, quand les enfants vivent à l'autre bout de la France, on s'y fait de nouveaux amis et on joue à la belote, au Scrabble ou au Pictionary. « Allez-y, mesdames, vous serez traitées comme des reines. » Une fois les grands-mères balayées du plancher, il propose leurs biens à un prix défiant toute concurrence, conclut les transactions dans la semaine, et touche de belles commissions.

Je ne peux plus cautionner le business d'Édouard, pas avec une cliente qui s'accroche au bras du premier venu, qui passe son temps devant la télévision, qui pourrait être ma mère. La pauvre femme est debout dans sa loggia, regardant par la fenêtre comme si elle attendait quelqu'un. Désespérément seule.

Une heure plus tard, je traverse l'esplanade de la Défense d'une humeur massacrante. Je ne sais pas à qui j'en veux le plus : à Édouard et sa dose d'immoralité, ou à moi qui ai fermé les yeux pour assurer mon train de vie. Cette force vive dans mes jambes révèle un grand moment de rupture, une crise morale, une divergence professionnelle, un schisme.

Les collègues de l'agence lèvent les yeux de leur ordinateur, surprises de me voir traverser l'open space comme une fusée. La fille de la compta me propose un café mais je lui fais signe de s'écarter de mon chemin. Je suis venu pour déculotter le roi de l'immobilier, le souverain des négociations, le nabab de la pierre. Dans son bureau, Édouard est supposé lire le compte rendu d'un diagnostiqueur. Je m'avance vers lui, avec la démarche de John Wayne, la détermination de Che Guevara, la rage de Rambo. Mon irruption le met mal à l'aise. Assis dans son fauteuil en cuir, il abaisse l'écran de son ordinateur portable. Je le soupçonne de s'intéresser davantage à YouPorn qu'à la traque des termites.

— Qu'est-ce que tu foutais avec cette vieille dame en face du commissariat ?

— Ha ha… du fric !

Il assure son chiffre d'affaires sans une once de perplexité. Le marché des divorcés, c'est déjà délicat, mais on ne joue pas avec les mamies au bord de l'Alzheimer. Inutile de lui préciser que sa cliente est un peu gâteuse, que son appartement vaut beaucoup plus, qu'il l'a bien embobinée. Il s'en tape les bourses, car lui est convaincu de l'aider dans ses démarches immobilières.

— Comme c'est généreux de ta part ! Et tu as prévenu son fils ?

Silence. Mon manager blêmit. Phénomène assez rare pour qu'on le souligne.

— Ne t'en fais pas, je m'en suis chargé, et comme tu peux t'en douter, il n'est pas très content.

— De quoi tu te mêles ?

— Pour info, son fils est champion de boxe.

Je le sens frissonner dans son pantalon à pinces. Les veinules dilatées sur ses joues sont au bord de l'explosion. Il se racle la gorge et fulmine des menaces. Ses finances sont mes finances, je devrais montrer un peu de gratitude.

— Comment oses-tu ? répète-t-il, moi qui t'ai tout appris !

Lui Jésus, moi Judas, et les apôtres restent planqués dans l'open space. Il a la rapacité d'un acheteur en viager et l'âme d'un croque-mort. Je le laisse déblatérer des injures en me pointant de l'index, sans me rétracter. Ce cher Édouard est empêtré dans de sales affaires.

— Abus de faiblesse, tu sais ce que ça veut dire ?

— Tu délires, mon p'tit Jean-Mi !

— Prends garde à toi, tu vas avoir de gros ennuis. Et au fait, je ne suis pas ton p'tit Jean-Mi.

— Non mais tu te prends pour qui ?

— Juste pour un type ordinaire qui en a ras le bol de ton business.

Poussé dans ses retranchements, il ne retient plus ses propos fielleux. Il hurle dans le bureau, me jure que ma carrière est finie. Si j'émets le vœu de devenir manager, il s'y opposera d'un rapport défavorable. Il a le bras long et de l'influence – dans les clubs échangistes de Paris, on fait de sacrées rencontres.

— Sans moi, tu n'es rien !

— J'en ai marre de bosser avec un vieillard abject !

— Fouille-merde !

— Tu n'aimes personne à part toi, et tu finiras seul.

— Sale con ! P'tit pédé !

La discussion s'arrête net. Sans élan, mon poing est parti tout seul dans la gueule de mon manager. La cible était tentante, j'ignorais ma force de frappe. Édouard a valdingué derrière son fauteuil en cuir, les jambes en l'air, étalé comme un vieux canasson qui a foiré le saut d'obstacle. Au sol, il s'agite, s'énerve, crie qu'il va porter plainte. « Tu es viré ! » Ce à quoi je réponds : « Avec plaisir. » Je n'ai plus envie de collaborer avec ce dissimulateur dépravé, pourri jusqu'à l'os, harceleur de jeunes filles ou de dames âgées. Je suis le grain de sable qui vient enrayer la mécanique. Forcément, je ne suis plus le bienvenu.

Les collègues n'osent pas me dire au revoir. Elles ont la mine déconfite, regrettent de me voir partir. Édouard revient en force et m'alpague devant l'entrée de l'agence. Il me postillonne dessus, me fait la leçon comme à un petit garçon mal élevé, mais je lui souffle dans les bronches.

— La Direction générale de la répression des fraudes va enquêter sur tes dossiers. Si ton micmac remonte au ministère de l'Économie et des Finances, tu vas devoir plier bagage, alors garde ta salive pour le tribunal.

En sortant, je me retourne vers lui une dernière fois. Un peu moins Jean-Mi, un peu plus Terminator.

— *Hasta la vista, baby !*

31

— Et maintenant, qu'est-ce que tu vas faire ? Tu vas traîner ici toute la journée ?

— Non, je vais prendre l'air, me promener.

Tu hausses les épaules d'un air effaré. L'annonce de mon licenciement ne t'a pas rendu le sourire. L'idée que je sois sans projet ni aucune ambition t'angoisse au plus haut point. Ce n'est pas ton optique de vie. Tu aimes les battants, pas les flemmards. Tu me parles d'argent, de budget de voyages, de frais divers. Ne t'inquiète pas, Marylène, mon CV m'ouvre les portes de plusieurs agences, je n'aurai pas de mal à être engagé ailleurs. En attendant, j'ai envie d'une pause, de me déconnecter du mode urbain, d'inspirer, pieds nus dans l'herbe. Il y a un temps pour tout, tu me rappelles, et ce n'est pas les vacances. Toi, tu es celle qui se hisse vers les hautes sphères du marketing, alors que je suis en plein déclin. Tu marmonnes que j'ai intérêt à trouver du boulot, à passer chef d'agence, à gagner davantage d'argent. J'acquiesce en bâillant, une tasse de café à la main, l'autre dans la poche de mon peignoir.

Tu t'accroupis devant Antonin pour fermer sa veste zippée, les matinées sont fraîches en septembre. J'observe le langage du corps, comment tu prends soin de lui, comment il te le rend avec une bise sur le front. Vous êtes adorables, Marylène. Je cohabite avec une image de toi, la photo de la femme encadrée sur le buffet rétro, celle dont je suis tombé amoureux et pour qui je fais des tomates farcies. Tu me ferais presque regretter ce que je vais entreprendre.

Le col de ton imper relevé, tu prends le petit par la main et me souhaites une bonne journée de chômeur. Depuis le balcon, je vous regarde traverser la cour de l'immeuble en terminant mon café, puis je retourne dans la chambre.

La voie est libre. Je cherche les papiers d'Antonin pour les photocopier avant de prendre rendez-vous avec une juriste. Tu classes tous les documents dans un carton rangé dans la penderie. Jusqu'à présent, je n'avais jamais osé fouiller dedans. Par politesse, par discrétion. Ce matin, je m'octroie ce droit. Dans une pochette en plastique, je récupère la carte d'identité du petit, ainsi que son carnet de santé. Et tout au fond, je tombe sur la boîte en métal fermée par un cadenas. On dirait qu'elle contient un trésor, un secret auquel toi seule as accès. Auparavant j'aurais respecté ta part de mystère, désormais je veux savoir ce qu'il y a dedans. Où as-tu caché la clef? Je fouille dans ta boîte à bijoux, au milieu de ta lingerie, cherchant dans tous les recoins avec la dextérité d'un chien renifleur de drogue. Puis j'ouvre le tiroir de ta table de chevet. Une clef est posée à cet endroit, laissée à l'abandon. Entre mes doigts, je l'observe de près, précieuse et infiniment légère. C'est une chance qu'elle épouse parfaitement la forme du cadenas. Je m'empresse d'ouvrir la boîte et trouve à l'intérieur ton livret de famille. Les pages sentent l'odeur du renfermé. En le feuilletant, je tombe sur ton acte de naissance et un détail me saute aux yeux. Un lieu est inscrit en caractères gras, mais pas celui auquel je m'attendais. Une ville qui ne fait pas partie de ton histoire, du moins celle que je connais. *Marylène André, née à Noisy-le-Sec... fille de Christine André... Père inconnu...*

Je crois avoir mal lu. Tu m'as toujours raconté être née à La Rochelle, d'un père architecte et d'une mère au foyer, morts dans un accident de voiture. D'ailleurs, je retrouve tes diplômes pliés en deux, dont le baccalauréat obtenu dans un lycée de Seine-Saint-Denis.

Depuis quand es-tu une enfant d'Île-de-France ?

J'épluche à nouveau ton livret de famille sans déceler une référence à La Rochelle ni au décès de tes parents. Un fossé se creuse entre ta vérité et moi, dans lequel sombrent ma défiance et mes doutes. Je relis ce document administratif en me demandant ce qui t'a poussée à t'inventer une enfance en Charente-Maritime. Pourquoi évoquer un père architecte si tu ne l'as jamais connu ? Et Christine André, est-elle toujours vivante ?

À genoux dans la chambre, je balaie les pages de l'annuaire sur mon iPhone, et découvre que trois Christine André résident à Noisy-le-Sec. Sans attendre, je leur téléphone, me faisant passer pour un ami de longue date, leur demandant si elles ont un lien de parenté avec toi. La première a un fort accent québécois et a quitté Montréal pour suivre un Français, éleveur de teckels à poil long. « Tabarnak ! On est revenus maudits de l'exposition canine de Maubeuge ! » Elle est très énervée et n'a clairement pas le profil que je recherche. La seconde n'a jamais eu d'enfant. Elle a pris le prénom de Christine en souvenir de sa mère défunte, car auparavant elle s'appelait Bruno. L'opération lui a coûté toutes ses économies mais le résultat est là. Je la remercie pour toutes ces précisions et passe à la suivante. La troisième se racle la gorge et a une voix rauque.

— Allô ! C'est qui, bordel ?

— Bonjour, madame, je m'appelle Jean-Michel et je suis un ami de Marylène André, c'est bien votre fille ?

— Pourquoi ? Elle est morte ?

— Vous êtes sa mère ?

— J'connais pas cette petite conne !

Elle raccroche aussi sec. Cette liberté de langage et ce ton volcanique, je crois bien que c'est ta mère. Au fond de la boîte métallique, je trouve la photo d'une femme aux cheveux auburn, portant un pantalon pattes d'eph et une veste à franges. Qui est-ce ? La dame qui vient de cracher sa haine à l'instant ?

Ce serait une mauvaise idée de te téléphoner et de te confronter à un passé nébuleux. Tu rappliquerais aussitôt pour me barrer la route. Ta part de mystère pourrait être séduisante si elle n'était pas inquiétante. On a vu trop de documentaires sur les tueurs en série pour ignorer qu'ils dissimulaient une enfance torturée.

Je photographie la carte d'identité d'Antonin et son acte de naissance, puis je range cette boîte qui t'appartient, dans laquelle je n'avais pas le droit de fouiller, et qui me laisse songer que je te connais à peine. Trois ans de vie commune et le brasier de tes cachotteries enfume la chambre.

Avant de refermer la penderie, je vérifie que tout a été remis en place, le carton rangé au fond, la clef dans le tiroir de la table de chevet. J'essuie mes empreintes avec la manche de mon peignoir, comme l'aurait fait un bon détective privé.

À la hâte, j'ai sauté sous la douche, enfilé un jean et un sweat à capuche, puis loué un scooter pour foncer jusqu'au Palais de justice. Dans ce gigantesque building en verre travaille une charmante avocate et accessoirement ex-plan cul. Angie était divorcée lorsque je l'ai rencontrée et n'avait pas l'intention de se recaser ni de construire une nouvelle histoire, ce qui m'arrangeait bien à l'époque. Elle laissait la vie de couple aux incorrigibles romantiques qui se promettent monts et merveilles en se regardant dans le blanc des yeux. La quarantaine resplendissante, des rondeurs assumées, elle me recevait chez elle, nue sous un tablier de cuisine. En dehors de nos jeux érotiques, elle confiait ma carte pro à des divorcés cherchant à vendre leur appartement. Sexe et business, un compromis gagnant-gagnant. Et du jour au lendemain, j'ai arrêté de la fréquenter parce que je t'ai rencontrée, Marylène, parce que je suis tombé amoureux.

Mes arrangements avec Angie m'ont beaucoup manqué mais ce n'est pas cette raison qui me guide vers elle ce matin. J'ai besoin de ses services de juriste avisée. Elle aurait pu ne jamais répondre à mon texto, ou me recadrer d'une phrase lapidaire ; la voilà qui marche droit vers moi dans sa robe d'avocate recouvrant ses formes girondes et harmonieuses.

— Je suis une femme surbookée ! Qu'est-ce que tu crois ? Que j'ai le temps de donner des conseils gratuits à des ex-plans cul ?

Sans retenue, elle m'embrasse sur la bouche en me collant une main aux fesses. J'en déduis qu'elle n'est pas rancunière, mais surtout heureuse de me revoir.

— Qu'est-ce qui t'arrive, Jean-Mi ? Les affaires vont mal ou ta fiancée t'a plaqué ?

Ses cheveux attachés en chignon sont un gage de sérieux et ses grands yeux bleus pétillent de malice. Devant le Palais de justice, elle croque dans une pomme, m'accordant cinq minutes entre deux plaidoiries, car au fond de son cœur je reste un bon souvenir. Angie ne s'encombre pas de politesse froide. Elle m'informe que si je veux une session plus longue, il faudra prendre rendez-vous à son cabinet ou dans sa chambre après le boulot. Elle n'est pas hostile à l'idée de ressortir le tablier et de reprendre là où nous nous sommes arrêtés.

Le temps est compté, alors je me lance. Mon problème est classique et majeur, celui d'un homme qui se retrouve beau-père malgré lui, qui s'apprête à quitter la mère mais souhaite garder contact avec l'enfant. Je ne lui donne pas tous les tenants et aboutissants, seulement les grandes lignes, l'ossature de ma vie conjugale. Je conserve les détails fâcheux avant qu'elle éclate de rire ou ressente de la pitié. Angie veut savoir si je suis infidèle, si le sel de notre union s'est dissous à cause d'une incartade, si je suis allé aux putes. Elle n'imagine pas un instant que toi, Marylène, tu aies pu avoir une aventure, avec un auteur de roman policier par exemple. Je suis un homme, donc un gros pervers. Un sagouin surexcité.

— J'ai besoin de tout savoir, Jean-Mi, pourquoi tu la quittes ?

— Incompatibilité d'humeur.

C'est un euphémisme pour adoucir la réalité et résumer notre vie de couple. Mon plus grand tort est de ne jamais t'avoir proposé un mariage ou un pacs, un contrat qui m'aurait donné des droits sur l'enfant. Les procédures juridiques en auraient été facilitées en vue d'une adoption. Étant donné les éléments, on discute de ce statut de beau-père auquel je prétends. Au bout de trois ans, j'ai tissé des liens avec Antonin et pourvu à son éducation. Mis à part quelques soirées alcoolisées avec des rugbymen, mon dossier est irréprochable.

— Tu dois être mignon avec ton maillot de rugby.

— Je te ferai une démonstration de plaquage si tu m'aides.

— Ah, le chantage sexuel !

Angie m'explique que, depuis la loi du 17 mai 2013 ouvrant le mariage aux couples de même sexe, le statut de beau-père a évolué. Selon l'article 371-4 du code civil, il est assimilé à un tiers pouvant obtenir un droit d'hébergement, s'il a résidé de manière stable avec l'enfant et contribué à son épanouissement. C'est une question d'affection, répète-t-elle, et c'est l'intérêt de l'enfant qui prime. « Il a envie de te revoir, lui ? » J'acquiesce d'un signe de tête. Elle me prévient toutefois : il n'est pas certain que je gagne un droit d'hébergement mais seulement un droit de visite. J'entrevois une percée, qui devient un chemin, qui se transforme en autoroute, sur laquelle

Antonin et moi roulons en Ford Mustang rouge, direction Cap Canaveral, en vue d'assister au décollage d'une fusée. Sur le parvis du Palais de justice, mon regard se perd dans le ciel et je jurerais qu'un nuage prend la forme de l'État de Floride. Angie me ramène à l'instant présent.

— Et ton ex, comment réagit-elle ?

— Elle n'est pas au courant… Je ne l'ai pas encore quittée.

— Qu'est-ce que tu attends ? Je dois lui envoyer un courrier, moi ! Une tentative de médiation est obligatoire.

— Ça veut dire que tu vas m'aider ?

— J'adore quand tu es suspendu à ma robe d'avocate et que tu me supplies.

Elle est entreprenante, invincible, exactement ce qu'il me faut. Cependant, il est plus difficile de négocier avec toi, Marylène, qu'avec un syndicaliste cheminot. Tu ne dialogues pas, tu assènes tes arguments, tu imposes ta loi. De femme à femme, Angie devra se montrer intraitable.

— Jean-Mi, est-ce que ta future ex a eu un comportement douteux parfois ?

— Ça lui arrive de s'énerver…

— Est-ce qu'elle a tapé l'enfant ?

— Non !

— Mordu ?

— Non plus. Je l'aurais remarqué.

— Dommage. Ça m'aurait facilité la tâche.

Elle m'observe en croquant dans sa pomme. Elle réfléchit et cherche un indice, comme une inspectrice de police sur une scène de crime.

— Et toi, elle t'a frappé ?

— Pourquoi tu me demandes ça ?

— À cause de l'égratignure sur ta jolie bouche.

— Ah non, ça, c'est le chat…

Angie ignore que je n'ai pas de chat à la maison mais une tigresse indomptable. Et si je me tais, Marylène, c'est dans l'intérêt d'Antonin. Si j'avoue pour quelles raisons je te quitte, les faits seront consignés dans le dossier du juge aux affaires familiales, un expert médico-psychologique interviendra, et on te retirera la garde de ton fils. Il en sera traumatisé. Au final, c'est lui qui paiera les pots cassés de notre rupture. Il a besoin de toi, je ne peux pas te l'arracher, ni le laisser avec une mère qui rencontre des déboires avec la justice.

— Dis-moi, Jean-Mi, pourquoi tu veux garder un lien avec cet enfant ?

— Parce que je l'aime…

— Ce n'est pas suffisant. Tu n'es pas son père, alors j'ai besoin de comprendre ce qui te lie à lui.

Je lève les yeux au-dessus d'elle, le long de la façade vitrée du tribunal, sur laquelle se reflètent le ciel bleu et les nuages. Que puis-je lui répondre ? Ça ne s'explique pas, l'amour pour un enfant. Si jusque-là je n'ai jamais compris la texture de mes sentiments, si je n'ai pas eu besoin de les verbaliser, tout me paraît limpide et cohérent à présent.

— En fait, je n'ai jamais voulu être père. Peut-être parce que je n'étais pas complice avec le mien. Il était rustre et taiseux, d'une rigidité militaire. Je craignais de ne pas savoir m'y prendre. Et puis, Antonin a débarqué dans ma vie. Son innocence, sa joie de vivre. Il m'a montré que c'était possible, que mes peurs n'avaient pas de place avec lui, qu'il ne fallait pas se bloquer mais se lancer. Et ce rôle de papa est cool parce que Antonin m'a facilité la tâche, parce que c'est un gamin génial, dégourdi, passionné. Il a réparé des choses en m'autorisant à être ce que je m'interdisais. Il m'a rendu plus mature, valeureux, solide. Il y a même des jours où je me sens Iron Man, tu vois le genre ? Et quand il court vers moi à la sortie des classes, c'est le meilleur moment de la journée. Alors, je ne m'imagine pas totalement absent de sa vie. Je veux être là à chaque étape. Il sait faire ses lacets et plonger dans une piscine, mais après ? J'ai peut-être plus besoin de lui que lui de moi… Tu crois que ma démarche est égoïste ?

Angie fait non de la tête. Elle n'avait jamais deviné chez moi cette fibre paternelle. Elle était enfouie et ne demandait qu'à éclore. Mon temps est écoulé, elle doit retourner plaider, mais on pourrait en reparler. En jetant le trognon de sa pomme, elle me propose de la rejoindre le lendemain à son cabinet pour un témoignage détaillé. Ainsi, elle se chargera de la procédure juridique dans les meilleurs délais. Elle clôture cette courte séance par un baiser langoureux, et je me laisse aguicher par cette juriste à la langue déliée. Je caresse ses hanches à travers sa robe d'avocate.

— Merci, Angie !

— Appelle-moi maître…

32

C'était un samedi, il y a trois ans. Une affaire de pipi au lit avait scellé notre complicité, à Antonin et moi.

Ce matin-là, tu reprenais tes cours de yoga et tu me confiais la garde de ton fils. « Mets-le devant les dessins animés, il te laissera tranquille. » Tu m'avais montré où tu rangeais le paquet de céréales et la brique de lait d'amande. J'étais prêt à devenir un papa par intérim. Le petit s'est levé peu après ton départ en pleurant à chaudes larmes, son pyjama mouillé. « Jean-Miii, j'ai fait pipiii… »

Ça partait mal, le baby-sitting.

Il était honteux et incommodé. Il avait peur que tu le grondes, que tu le renvoies au stade de bébé. Je le tenais à distance, n'osant pas le consoler dans mes bras de crainte de me tacher d'urine. Ce genre d'incident était le baptême de l'air d'un papa moderne, pourtant il n'y avait rien à ce sujet dans les magazines. Je lui ai dit : « Pas grave, bonhomme, ça arrive », sans trop savoir par où commencer. Je me suis souvenu de mon père me traînant par les cheveux à cause du même incident. Je m'étais juré de ne jamais infliger ça à un enfant. Antonin continuait de pleurer, j'ai jeté un coup d'œil à la pendule de la cuisine, nous avions deux heures pour agir avant ton retour.

Vite, j'ai retiré le drap-housse pendant qu'il séchait ses larmes et j'ai lancé une lessive à programme rapide. Vite, je lui ai fait sa toilette dans la baignoire, enfilé son pull marin, l'ai coiffé d'une raie mouillée sur le côté. « Ne t'inquiète pas, bonhomme, maman ne se rendra compte de rien. » Il ne parlait plus et me suivait partout, de la chambre à la salle de bains, jusqu'au salon. Je lui ai lu une bande dessinée pour patienter, l'histoire d'un raton laveur perdu en forêt. Sa tête posée sur mon épaule, il contemplait les images pendant que le mode essorage tournait à plein régime. Puis nous sommes descendus à la laverie pour trouver un sèche-linge qui nous rendrait l'objet du délit sec et chaud en quinze minutes. Là, je lui ai rappelé notre plan : nous remettrons le drap-housse avant ton retour et tu n'y verras aucune différence. Lorsque nous sommes remontés par l'ascenseur, le petit m'a pris par la main. J'ai senti que j'avais marqué des points. Cette petite main accrochée à la mienne, délicate et fragile, me donnait de l'affection et de l'importance, elle me rendait essentiel à sa vie, du moins à l'instant présent. Cette petite main était un bouleversement, plus rien d'autre n'existait que ce rapprochement de l'homme et de l'enfant. Mon corps et mon esprit étaient en pleine élévation au long des étages, comme en lévitation. Dans sa chambre, j'ai refait son lit avec le drap propre qui sentait bon la lavande. Je lui ai promis de ne rien te dire, et d'ailleurs, Marylène, tu ne l'as jamais su. Nous étions en train de jouer aux petits chevaux sur la table basse quand tu es rentrée. « Ça va, mes hommes ? Vous avez été sages ? » J'ai fait un clin d'œil au petit. Nous avions un secret.

33

Je prends une grande inspiration sur le scooter. Malgré ma qualité d'inactif, de nouveau demandeur d'emploi, on ne peut pas dire que j'aie chômé. L'idée m'est venue d'offrir un bouquet de fleurs à sœur Solange, une façon de lui exprimer ma gratitude et ma sincère amitié. Ses conseils avisés m'ont mis sur le bon chemin, elle avait raison au sujet de ma requête pour un droit de visite et même d'hébergement. Je lui dois cet élan de liberté.

Après un détour chez le fleuriste de la Défense, j'entre à Notre-Dame de Pentecôte. Mes visites à l'église n'ont jamais été aussi fréquentes, ces derniers temps. Sœur Solange s'active dans la grande salle, passant un chiffon imbibé de cire d'abeille sur les bancs en bois.

— Vous ne vous accordez jamais une minute de répit ?

— Je suis une besogneuse, mon garçon.

— Tenez ! Ces quelques fleurs sont pour vous.

Elle est embarrassée à la vue de mon bouquet. Éblouie par les jonquilles, elle se demande si elle les a mérités. Face à la croix du Christ, elle ressent les émotions d'une sainte canonisée. Elle hume les pétales jaunes et me promet de garder les fleurs intactes jusqu'à son départ.

— Ah bon ! Parce que vous partez ?

— Eh oui ! Le devoir m'appelle vers une autre contrée, là où le soleil se couche derrière des baobabs.

Son billet d'avion est pris pour Madagascar, une nouvelle mission l'attend dans un centre pour enfants maltraités et abandonnés.

— Que veux-tu, mon garçon… je ne supporte pas les injustices de ce monde.

— Ils ont plus besoin de vous là-bas que les Parisiens surmenés.

Attristé comme si je perdais un copain du rugby, je m'assois sur un banc pour lui relater les dernières péripéties : le coup de poing à mon manager, le licenciement qui s'ensuit, la main courante que je n'ai pas osé déposer mais la requête de droit de visite qui est en cours. Le juge aux affaires familiales va examiner mon cas ; s'il statuait en ma faveur, je voudrais bien fêter l'événement avec elle.

— Tu as Skype ? Même à l'autre bout du monde, je serai joignable.

— Je n'ai jamais rencontré une bonne sœur aussi geek !

— Il faut vivre avec son temps, mon garçon.

Il y aura toujours en elle une ancienne experte-comptable, reine de l'informatique, qui a quitté les ascenseurs du capitalisme pour répandre la bonté dans le monde. Devant la peinture aux couleurs vives d'un Jésus crucifié, je la remercie de m'avoir interpellé sur l'esplanade de la Défense et bousculé dans ma zone de confort. Je n'insiste pas pour lui offrir une bière mais le cœur y est. Ses yeux se tournent vers le Christ, témoin de notre échange. Elle semble envahie d'une lourde réflexion au sujet de notre place sur terre, des actes et des conséquences de ceux qui la peuplent.

— Ma sœur, je dois vous confier autre chose.

— Allons bon ! Encore une histoire de fesses ?

— Marylène m'a menti, elle n'est pas orpheline.

Sœur Solange marque une pause, réfléchit, et voit ce qui se trame derrière le mensonge.

— Et elle aurait été battue par ses parents ?

— Je n'en sais rien. J'ignore tout de son passé, finalement.

— Pour être aussi agressive et te battre sans remords, quelle fille a-t-elle été ? Je ne cherche pas à l'excuser, mais un enfant battu a tendance à reproduire les gestes d'un parent violent.

— Mais elle ne s'en prend pas à son fils.

— Alors, quelle image de l'homme a-t-elle pour s'en prendre à toi ?

— Si elle avait été battue, elle m'en aurait parlé.

— Ou pas…

Il flotte un étrange parfum. Ce n'est pas celui des jonquilles mais d'un brouillard humide et opaque. Tout ce que je savais de toi, Marylène, je le tenais de tes paroles ciselées, maintes fois répétées, qui ont biberonné ton fils sans lui permettre de connaître sa grand-mère. Afin que les choses soient claires, j'explique à sœur Solange ce que j'ai trouvé au fond de la penderie : une boîte contenant ton livret de famille. Tu n'es pas née à La Rochelle mais à Noisy-le-Sec et, d'après ton acte de naissance, tu n'as jamais connu ton père. Tu as grandi seule avec une femme dénommée Christine. Elle est absente de ton quotidien mais bien vivante, elle a une voix rauque et un degré d'amabilité qui concurrence n'importe quelle porte de prison.

— Tu es sûr qu'il s'agit de sa mère ?

— J'en ai le pressentiment.

— Et elle vit toujours à Noisy-le-Sec ?

J'opine du chef. Sœur Solange sonne l'heure de vérité. Inutile de rester plantés là, il ne faut plus tergiverser. Si je veux savoir, si je veux comprendre, Marylène, ce n'est pas à la Défense que je vais trouver la réponse. En me tirant par la manche, elle m'entraîne à l'extérieur et me pousse dans l'ascenseur qui mène au parking souterrain. C'est là qu'est garée la Smart du père François, un petit bolide noir rutilant, dont les housses de sièges sentent le cuir neuf. Avec tout ce que sœur Solange ramasse pendant la quête, il ne peut rien lui refuser. Il bougonne parfois mais finit toujours par lui prêter ses clefs. Elle prend le volant et me fait signe de monter côté passager, direction le 93.

— Vous êtes certaine que c'est prudent ?

— On va tirer cette histoire au clair !

D'un coup d'accélérateur, la nonne fait crisser les pneus.

— Ma sœur, je ne pensais pas que vous aviez le permis.

— Attache ta ceinture, Jean-Mi ! On fonce !

Les mots de sœur Solange sont à prendre au pied de la lettre. Elle ne se contente pas de rouler sur le périph, elle brûle le pavé. Guidée par le GPS, elle nous emmène à destination en trente minutes. « Je crois en Dieu et en Waze », me dit-elle en se garant en épi devant la résidence de Christine André.

À travers le pare-brise, j'évalue la hauteur du HLM qui aurait besoin d'un bon ravalement de façade. À coup sûr, Marylène, on a fait fausse route. Je ne t'imagine pas grandir dans ce quartier mal entretenu, avec un accès hasardeux à la culture. Sœur Solange est déjà sortie de la voiture et fait des ronds avec son bassin et quelques exercices d'assouplissement. Conduire lui tasse les lombaires.

— Et alors, mon garçon, tu comptes dormir là ?

Un chat blanc court sur le bitume et se réfugie derrière le local à poubelles. Il n'y a pas grand monde qui circule autour de la cité, pas de rires d'enfants, pas vraiment de joie. On traverse le parking et on sonne à l'interphone. La voix rauque gueule dans le micro :

— C'est pour quoi ?

— Je m'appelle Jean-Michel, je vous ai téléphoné au sujet de votre fille.

Pas de réponse. Je sonde sœur Solange du regard, car on ne peut pas forcer une personne qui refuse de vous parler, mais la religieuse est plus aventureuse que moi. Alors qu'un habitant sort de l'immeuble, nous en profitons pour nous faufiler dans le hall. « L'ascenseur est encore en panne ! » nous informe-t-il, solidaire avec ceux qui vont devoir se taper l'escalier. C'est dommage car d'après les boîtes aux lettres, Christine André réside au huitième étage.

« Allez hop ! Plus de temps à perdre ! » Sœur Solange passe la première, désirant savoir ce qui se trame là-haut.

Partir à l'assaut des trois premiers étages n'est pas un souci. Toutefois, son endurance est mise à rude épreuve au quatrième, et elle s'arrête au cinquième. Elle se retient à la rambarde, déclare forfait et s'assoit sur les marches.

— Je suis hors service, lâche-t-elle, essoufflée. Que veux-tu, mon garçon, je suis une vieille dame… Toi, t'es rugbyman, t'as du tonus. Moi, j'en ai plein les guiboles…

Je frappe à une porte pour réclamer un verre d'eau. Heureusement, le voisinage est coopératif, ligué pour prendre soin des autres. On offre à boire à la religieuse et une famille entière lui tient compagnie dans les escaliers. Je n'ose pas l'abandonner là mais sœur Solange m'assure que la vérité est au huitième ciel, que je ne dois pas m'arrêter en si bon chemin.

— Ma sœur, je n'ai pas envie de vous perdre, pas maintenant.

— Ne t'en fais pas pour moi, je suis une vieille carcasse increvable.

— Vous êtes certaine que ça va aller ?

— Monte ! Avant que je te mette un coup de pied aux fesses !

Sur ma lancée, je gravis seul le reste des étages. Au fond du couloir obscur, je trouve le nom de Christine André affiché sur une porte. Je sonne. Une femme au visage rougeaud m'accueille avec cette voix de fumeuse encrassée par le goudron.

— C'est qui ?

— Euh... Bonjour, madame, j'ai sonné tout à l'heure...

— Vous me faites chier !

Marylène, j'ai l'impression grinçante que ce bouledogue est ta mère. Je serais tenté de dire : telle mère, telle fille. Je te reconnais là dans tes mauvais jours, lorsque tu n'es pas de bonne humeur et que tu te défoules sur moi. Le visage dévoré par les rides, les cheveux gris et sales, la vieille dame me reluque d'un œil menaçant.

— Si vous êtes la mère de Marylène, j'ai besoin de...

Elle ne me laisse pas le temps de finir ma phrase et me claque la porte au nez. Je frappe à nouveau, la supplie de m'accorder quelques minutes.

— Foutez le camp ! crie-t-elle de l'autre côté.

Je crois que l'on ne peut pas être plus explicite. Si j'insiste davantage, elle risque de sortir un fusil de chasse, et la première visite de son gendre sera définitivement la dernière. Au bout du couloir, sœur Solange apparaît dans un halo de lumière. Je lui dis :

— Ça suffit, on rentre à Paris. Elle refuse d'ouvrir.

— Ah non ! Je n'ai pas grimpé les huit étages pour rien.

À son tour, elle part à l'assaut et je lui emboîte le pas. La soif de lever le voile sur cette affaire est obsessionnelle. Nous toquons chez la mégère, qui entrouvre la porte en rouspétant de plus belle.

— Quoi encore ?

— Bonjour, ma fille, je suis sœur Solange du couvent de Notre-Dame-du-Rosaire.

— Et vous allez me faire chier encore longtemps ?

— J'entends votre joie d'aller à la selle tous les jours ; moi-même, je facilite mon transit en mangeant des pruneaux. Cela dit, notre visite n'est pas destinée à parler des bienfaits des aliments. Voyez-vous, le jeune homme derrière moi a fréquenté votre fille, et elle lui a mis la misère. Donc je sollicite votre mansuétude pour lui ouvrir votre porte et votre cœur, car je sais qu'au fond de chaque grincheuse se cache un grand besoin d'amour.

Christine André baisse d'un ton, intimidée par le chapelet autour du cou de la nonne. Elle l'observe d'un air solennel, empli de gravité, et consent à faire un effort. Dans un mouvement presque automatique, elle retire la chaînette de sécurité.

34

Si la violence est héréditaire, Marylène, ton sang est contaminé par cette femme. Je la scrute de la tête aux pieds. Il est difficile de vous trouver un trait de ressemblance.

Ta mère n'est pas morte dans un accident de voiture, elle est toujours vivante, logée dans le même appartement où tu as grandi. Elle me montre ta chambre qui est transformée en coin repassage. Une panière en plastique est posée sur ton lit. Des vieux trente-trois tours de Sting et de Kim Wilde ont pris la poussière. Je t'imagine adolescente, nouer ta chemise au-dessus du nombril et danser devant le miroir avec un sèche-cheveux en guise de micro. Je n'arrive pas à croire que tu as grandi ici, cherchant un coin de ciel bleu, observant par la fenêtre la vie qui t'attendrait loin de ce HLM. Dans le salon, les murs n'ont pas été repeints depuis quarante ans au moins. Ils ont dû être blancs à une époque, mais sont jaunis par la fumée de cigarette. Christine André en grille une dans la cuisine, assise sur une chaise, en sirotant une Suze.

— Vous voulez un p'tit verre ?

Je fais non de la tête tout en la remerciant, mais sœur Solange accepte volontiers.

— Alors comme ça, ma fille, elle a un jules ?

— Vous ne l'avez pas vue depuis combien de temps ?

— Au moins vingt ans. Elle vous a parlé de moi ?

— Non. Enfin si ! Elle m'a dit que vous étiez décédée.

— Ben voyons ! Ça m'étonne pas !

Elle bougonne, te traite de merdeuse. J'ai du mal à réaliser que je rencontre un membre de ta famille. Hier encore tu étais orpheline, aujourd'hui ta mère ressuscite dans une banlieue. Elle a la peau sèche et des varices aux mollets. Sa main tremble quand elle repose le verre. Elle ressemble à ces vieillards isolés, condamnés à mourir seuls chez eux, dont on retrouve le corps trois mois après, le visage à moitié dévoré par le chat. Je me demande ce qui est le plus angoissant dans cette cuisine : le tic-tac de la pendule ou le robinet qui goutte dans l'évier. Une marque du temps qui s'étire, un compte à rebours vers la mort. J'attends que ta mère me raconte ton histoire, celle que tu m'as dissimulée. Dans une volute de fumée, elle s'épanche et me parle de toi, une fille que je ne connais pas.

— Je l'ai appelée Marylène à cause de la chanson des Martin Circus. Faut dire qu'à l'époque, j'aimais beaucoup aller danser. C'est d'ailleurs comme ça que j'ai connu son père. Lui, c'était un grand blond, moustachu, très charpenté. Un Polonais ! Il avait des mains puissantes. J'ai toujours aimé les mains des hommes. Et lui, il faisait ce qu'il voulait de moi… Bref, je suis tombée enceinte, et il s'est défilé. Il a même pas pris le temps de lui changer une couche, il est retourné vivre en Pologne. J'espère qu'il a eu le nez dans la merde après ça ! Un type qui vous abandonne quand vous êtes en cloque, c'est un salaud ! Ah oui, j'vous l'dis, un beau salaud !

Elle se lève pour aller cracher dans l'évier, puis reprend :

— Je l'aimais, Marylène. Ça me fait mal de le dire, mais je l'aimais. C'était ma fille, mon seul enfant. On a eu des jours heureux même si on roulait pas sur l'or. J'étais caissière au supermarché d'à côté, et ça m'arrivait de travailler au Flunch pour arrondir les fins de mois. Parfois la petite passait me voir, je lui filais une assiette de frites avec du ketchup. Ah, les gosses ! C'est mignon quand c'est petit, mais alors après, ça devient infernal. Je la fourguais chez la voisine quand je sortais. Fallait bien que je refasse ma vie ! Remarquez, c'était du temps perdu. J'en ai connu des hommes, mais quelle bande de sagouins ! Des menteurs, des voleurs ! Il y avait ceux qui vous promettaient la Côte d'Azur et qu'avaient pas un sou pour s'payer un ticket de bus. Parce que l'Polonais, c'est moi qui lui ai payé sa Peugeot ! Oh, le fumier ! Et puis il y avait ceux qui voulaient pas d'moi à cause de ma fille. Tous des lâches ! Des fumiers ! Qu'est-ce que vous en pensez, ma sœur ? C'était d'ma faute ? Fallait que j'réfléchisse à deux fois avant d'écarter les cuisses ?

— Ma fille, soyez tranquille, je vous écoute sans jugement.

— Et vous allez me réciter le Je vous salue Marie pour me sauver ?

— Oublions la Sainte Vierge un instant, parlons de Marylène.

— Quoi qu'elle raconte, elle a manqué de rien ! C'est pas le Trocadéro ici, mais elle est toujours partie à l'école avec du linge propre. Le plus dur, c'était à la fête des Pères. Elle demandait : « Il est où, mon papa ? Pourquoi j'ai pas d'papa ? » Parce que les hommes, c'est tous des cons ! À un moment, j'ai arrêté de m'emmerder avec eux et je suis restée chez moi. Je lui faisais des gâteaux mais la pauv' chérie avait peur de grossir. Elle regardait son cul dans l'miroir et la marque de son jean qui lui convenait pas. C'est-à-dire que mademoiselle avait la folie des grandeurs ! Elle a commencé à me reprocher des trucs, mon boulot, ma vie, et comment j'avais fait fuir son père. Elle m'a accusée ! Elle passait son temps avec les filles de la cité, elles s'maquillaient, elles traînaient dans Paris le dimanche. Heureusement pour elle, c'était une fille brillante. Ça m'a toujours étonnée d'ailleurs ! Elle tient pas ça de moi, ni du Polonais. Quand elle a eu son bac du premier coup, j'étais plutôt fière. J'ai poussé les meubles et on a fait la fête ici. Je picolais déjà mais là j'ai dégueulé sur la moquette. J'lui faisais honte. Toutes ses copines sont reparties. Comme elle passait son temps aux Champs-Élysées, elle avait les yeux qui brillaient. Moi, à côté, j'étais juste minable. Ça, elle me l'a hurlé dessus. Elle m'a traitée de ratée, vous vous rendez compte ? J'étais sa mère, je lui avais tout donné, et cette petite conne m'insultait. Ça s'est pas arrêté là, ça non ! Un jour, elle m'a giflée. Elle m'a mis une rouste à tomber par terre. J'en ai supporté beaucoup dans ma vie, mais me faire taper dessus par ma gosse, c'était hors de question ! Alors je l'ai foutue dehors. Elle a pris ses fringues dans un sac-poubelle et elle s'est barrée dans un foyer. Ça m'a fait des vacances… Et je l'ai jamais revue.

Christine écrase son mégot de cigarette dans l'évier et se verse un autre verre de Suze. Elle s'enivre pour ne plus entendre l'horrible tic-tac de la pendule, oublier la solitude d'une vie bousillée.

– Vous ne l'avez jamais recontactée ? je lui demande, sous le choc de son récit.

– Non. Vous rigolez ou quoi ? C'était pas à moi de faire le premier pas. Cette petite morveuse aurait pu venir s'excuser, mais elle était trop orgueilleuse, c'était devenu une Parisienne. J'parie qu'elle vous a jamais dit où elle avait grandi !

Nous sommes plongés dans un silence morne. Je crois qu'il n'y a plus rien à ajouter. Je ne sais pas ce que je suis venu chercher ici. Une sombre vérité ? Des circonstances atténuantes ? Je t'imagine, petite fille, danser devant le miroir de ta chambre, rêvant de paillettes et d'aventures pour échapper à la violence qui ronge ton enfance. Ta mère t'a seriné à quel point les hommes sont des spécimens abjects dont il faut se méfier. Bien que tu refuses de lui ressembler, tu as pris le pli. À force de coups de poing et de pied, tu nous fais payer cher l'absence de ton père, ta rancœur, tes frustrations. Tu te condamnes en retour, Marylène, parce que je t'aimais. Comme ta mère, ça me fait mal de le dire, mais je t'aimais.

Je t'aime encore.

Pas assez fort.

Sœur Solange offre à Christine une médaille de sainte Rita qu'elle garde toujours au fond de sa poche. Elle omet de lui dire que c'est la patronne des causes désespérées, reste évasive à ce sujet. Ta mère lui propose un autre apéritif mais la nonne décline l'offre :

— Vous plaisantez, ma fille ? Je vais être pompette.

Avant de partir, elle ne me demande pas de tes nouvelles, mais elle veut savoir si quelque part dans Paris court un enfant à qui il manque une grand-mère. Je lui avoue que tu as un fils beau à croquer. Malheureusement, je n'en suis pas le père. C'est étrange d'évoquer l'histoire qui s'est répétée :

— Elle a fait un bébé toute seule.

— Ah ! J'espère qu'elle s'en est mieux sortie que moi.

Christine est curieuse de voir à quoi il ressemble, alors je lui montre une photo d'Antonin sur mon iPhone, celle où je le tiens par la main en allant à la plage. Le nez collé à l'écran, elle admire sa bouille de près. Et soudain, son visage se transforme, mué dans un instant de bonheur, adouci par la lumière de l'enfant. Sœur Solange avait raison : au fond de chaque grincheuse se cache un grand besoin d'amour. Christine est aux anges dans son appartement jauni, où l'amertume suinte des murs. Elle n'est plus ce bouledogue agressif mais une grand-mère esseulée.

— Vous allez dire à ma fille que vous m'avez vue ?

— Je ne sais pas… Je devrais ?

— Si vous êtes venu avec une bonne sœur, c'est pour implorer mon pardon ?

— Non… Elle, c'est ma *love coach*.

Sœur Solange approuve d'un signe de tête, en essuyant ses lunettes. Il est temps de s'en aller, de laisser ton passé à Noisy-le-Sec, inscrit sur ton livret de famille, caché dans une boîte cadenassée rangée au fond de la penderie.

Christine nous raccompagne à la porte, puis elle appuie sur l'interrupteur pour éclairer le couloir et m'interpelle avant que l'on disparaisse.

— Dites, maintenant que vous avez mon adresse, vous pourriez m'envoyer une photo du p'tit ?

— Bien sûr…

Elle nous envoie un baiser de la main. C'est un geste anodin mais il me semble qu'elle ne l'a pas fait depuis longtemps.

Une fois dans la voiture, sœur Solange a mis le contact, programmé Waze pour rejoindre la Défense et résumé ainsi la situation :

— Toute la colère ressentie par Marylène est un explosif déflagrant.

Je n'ai rien répondu, préférant brancher la radio qui diffusait une émission spéciale sur Joe Dassin. Sœur Solange connaissait les paroles par cœur et s'est mise à chanter dans les aigus tout en conduisant : « Elle m'a dit d'aller siffler là-haut sur la colline, de l'attendre avec un petit bouquet d'églantines… »

Je suis sorti de mes pensées pour reprendre avec elle à tue-tête : « Zaï zaï zaï zaï… Zaï zaï zaï zaï… »

35

C'était l'hiver dernier à la montagne. Quelque temps avant la première gifle.

Tu m'avais convaincu de louer un appartement dans les Alpes et de fêter le jour de l'an ensemble, juste nous trois, sans famille ni amis, sans marmaille ni beuveries. Il avait beaucoup neigé à Noël, un temps idéal pour skier. Enfant, je me suis souvent rendu aux sports d'hiver en colonie de vacances. J'avais hâte d'y initier Antonin. Tu n'étais pas fan de glisse, juste charmée par les sapins blanchis, l'ambiance chaleureuse des fins de journée autour d'un verre de vin chaud. Ton fils découvrait la neige, sa froideur, sa texture, son goût. Il m'a lancé sa première boule, et toutes les autres aussi d'ailleurs, car sur toi il n'aurait jamais osé.

Le lendemain, nous avons testé la luge. Rien ne pouvait l'arrêter, sauf la tombée de la nuit, lorsque l'humidité s'est infiltrée sous la combinaison et qu'il a été temps d'aller au bain. Quand je l'ai senti suffisamment téméraire, je lui ai proposé de chausser des skis et de m'accompagner en chasse-neige. Tu m'as prié de faire attention, donné moult recommandations, car tu n'avais pas l'intention de nous suivre. Si tu te tordais le genou, tu ne serais pas opérationnelle pour démarrer l'année à la maison d'édition. Je craignais qu'Antonin perde patience ou confiance, qu'il ait envie d'abandonner, mais il aimait s'élancer sur les pentes, tomber et se relever tout seul. Je lui apprenais à se concentrer sur ses jambes, à trouver ses appuis, à freiner en formant un angle avec ses skis. Je lui répétais de faire comme moi afin qu'il intègre les bons gestes tout en s'amusant. Finalement, on s'est attaqués à un terrain plus incliné mais adapté aux enfants. D'abord, je l'ai pris entre mes jambes pour le sécuriser, mais très vite, il a trouvé son équilibre.

Chaque jour, tu nous attendais en bas des pistes, occupée à lire à la brasserie du Chalet. Loin de te réjouir des progrès de ton fils, tu râlais en permanence : je te l'enlevais et on t'abandonnait toute la journée. J'ai insisté pour que tu nous rejoignes mais tu ne savais pas skier et tu refusais d'apprendre, tenaillée par la frousse et le ridicule. Il ne fallait pas que ton fils te voie tomber. Les jours suivants, tu as proposé d'aller dans les bains chauds relaxants. J'ai trouvé dommage que l'on soit à la montagne pour s'enfermer dans un centre de thalasso. La neige était poudreuse, immaculée, on pouvait continuer et s'aventurer encore plus haut.

Non, tu te braquais. C'était un refus en bloc. On en avait assez profité pendant trois jours, maintenant tu aspirais à autre chose. En plus, nous avions apporté nos maillots, et comme toi Antonin adorait barboter dans la piscine. J'ai souligné les bienfaits de respirer l'air pur de la montagne, la communion avec la nature. En vain.

— Écoute, c'est mon fils ! Je sais encore ce qu'il y a de mieux pour lui !

Tu as insisté sur le sentiment d'appartenance et votre lien indéfectible. C'était ton fils, pas le mien, il fallait que je me fasse à cette idée. J'en suis resté pantois devant mon verre de vin chaud.

Tu m'as demandé :

— On est venus ici pour rester ensemble, non ?

Je ne pouvais qu'approuver. Dans ce chalet bruyant où les skieurs allaient et venaient, je me suis senti stupide et immature. Antonin n'était pas un jouet, je l'avais trop accaparé. Tant que je restais ton compagnon, tout allait bien. Du moment que je gérais les loisirs de ton fils, rien n'allait plus.

C'était un mois avant la claque.

36

Antonin m'a demandé pourquoi je dormais sur le canapé. Je lui ai répondu que je ronflais et que tu étais fatiguée, parfois c'est préférable de passer la nuit chacun de son côté.

Toute la semaine, j'ai attendu le moment propice pour me retrouver seul face à toi et te parler de ta mère, t'avouer ce que je sais. Il est temps de te remettre en question, Marylène. Ce sera ce samedi après-midi, pendant qu'Antonin jouera avec son copain chez la voisine.

Je réalise à quel point je suis devenu un objet de haine pour toi lorsque j'ai joué au papa avec ton fils. Je me suis transformé en ennemi. Le père est un fumier, une ordure, un salaud. Tu as conservé un souvenir si douloureux de l'abandon que j'incarne à mon tour cet homme égoïste et lâche qui te fera du mal. La violence est une arme de destruction massive pour anéantir n'importe quel homme qui partage ta vie, avant qu'il ne te fausse compagnie. N'empêche que tu t'es fourvoyée, Marylène, je n'ai jamais eu l'intention de partir. C'est toi qui me chasses.

Pendant ta séance de yoga, je suis descendu à la supérette pour acheter du poisson pané surgelé. C'est la seule façon de faire manger des haricots verts à Antonin. Il s'agit d'un compromis entre nous. Il est difficile à table, alors il faut être rusé. Je m'attends à ce que tu fasses une réflexion sur ma soumission à la bouffe industrielle, cette hérésie alimentaire. Si mes frères et moi avons été élevés comme ça, tant pis pour nous, mais il est impensable de mettre ce cabillaud bourré d'amidons modifiés dans l'assiette de ton fils. Je t'imagine levant les bras au ciel, serrant les poings, désapprouvant mon manque d'information sur l'origine du poisson et la méthode de pêche utilisée.

Tu es rentrée avant nous. Encore en brassière et legging dans le salon, tu lis le courrier du jour. Je me précipite à la cuisine pour ranger les commissions au congélateur mais je n'en ai pas le temps. Tu surgis, les sourcils froncés, la bouche tordue et crispée. Une veine bleutée sur la tempe tranche avec la pâleur de ton visage. Je lâche le poisson pané sur la table.

— C'est quoi, ça ?

Tu me tends un courrier juridique reçu ce matin, portant la signature d'Angie. Ma charmante avocate t'a envoyé la convocation en médiation au sujet du droit de visite. Elle l'a postée plus tôt que prévu, sans me laisser le temps de préparer ma valise ni de dénicher un pied-à-terre. Je me retrouve comme un chien dans un piège à loup. Il ne me reste qu'à hurler à la mort ou exprimer simplement les choses.

— Tu vas rire, Marylène. Je te quitte.

Il y a un grand silence, pendant lequel nos regards se maudissent. Tu t'attends à quoi ? Je ne supporte plus tes humeurs en dents de scie, ta jalousie, ta démence, ta haine corrosive. Il faut que tu sois naïve pour croire que je vais continuer à dormir sur le canapé et rester les bras croisés. J'ai dit « Je te quitte » avec un certain aplomb. Je ne te l'annonce pas dans le clair-obscur d'une chambre, déversant les mots comme des larmes, espérant faire l'amour une dernière fois avant de te dire adieu. Je t'ai donné une réponse laconique. Entre nous, le romantisme est mort.

Tu ne veux rien entendre. Tu tournes en rond dans la cuisine comme une lionne en cage. Tu répètes : « C'est pas possible ! » Ouvre les yeux, Marylène, et regarde ce que tu as fait de nous. Tu te défoules sur moi, tu me traites de connard. Je ne vais pas encaisser ça le restant de ma vie. Il me faut du courage pour te quitter et abandonner l'auteur de ce dessin scotché sur le réfrigérateur. Tu menaces de me bloquer le passage. Si je quitte cet appartement, tu changeras les serrures, il n'y aura pas de place pour les regrets.

— Je veux garder le contact avec Antonin.

— Non !

Il s'agit de ton enfant, la chair de ta chair, il est inconcevable de le partager avec moi. On ne touche pas à ce que tu as fabriqué dans ton ventre. Tu vis cette requête de droit de visite comme une intrusion, une mainmise impérieuse, un déchirement intérieur. Je te propose seulement d'aller le chercher à l'école, de l'emmener au poney club.

— Non mais tu rêves !

— Et si on lui demandait son avis ?

— Pas la peine !

— Il a peut-être aussi besoin d'une grand-mère ?

Tu restes sonnée par ma question, alors je l'affine.

— Pourquoi tu as inventé cette histoire d'enfance à La Rochelle alors que tu as grandi à Noisy-le-Sec ?

— Où est-ce que tu es allé pêcher ça ?

— Au fond de la penderie.

De toute évidence, j'ai découvert quelque chose que je n'aurais pas dû. Ton ADN fiévreux, ton adolescence tourmentée. À cause de ma curiosité, tu deviens rouge de colère.

— Fous le camp ! Prends tes cliques et tes claques et dégage !

— Des claques, j'en ai pris assez…

Pas encore, apparemment. Tu m'en décoches une sévère qui me tourne la tête face au four à micro-ondes. Dans ta main, tu broies le courrier juridique et tu me le jettes à la figure. Tu me dis : « Va te faire mettre ! » Je te repousse contre la table de la cuisine. Inutile de discuter lorsque tu te transformes en Capitaine Crochet, je préfère sortir d'ici. Et c'est là que ça dérape, parce que j'ai le tort de te tourner le dos. Tu me fracasses un truc sur les omoplates. Je n'ai pas le temps d'atteindre la sortie que tu m'assènes un coup dans les côtes. Tombé à genoux, je hurle. Tu t'es emparée du premier objet trouvé, la poêle qui séchait sur l'égouttoir, pour me casser la gueule. Un autre choc dans la tronche m'étale au sol. Allongé par terre, un peu étourdi, j'ai à peine le temps de me retourner, d'être aveuglé par le spot au plafond, que tu me frappes au visage. D'abord, c'est un bruit d'écrasement, ensuite un goût aigre dans la bouche, une sensation d'étouffement. Du sang coule sur les tomettes et je laisse des traces en rampant.

— Reste là, gros porc !

Tu continues de crier en me cognant sur les cuisses, les fesses, les lombaires.

— Dis-le à Antonin ! Dis-lui que tu veux te barrer !

— Marylène ! Arrête !

— Dis-lui que tu nous abandonnes !

Choquée devant les traces de sang, tu finis par lâcher ton arme. La poêle valdingue contre le mur. Je me tortille comme un accidenté de la route qui cherche à s'extraire de la tôle avant l'explosion. Mon corps est fourbu, ma tête dépasse dans le couloir, et dans l'obscurité j'aperçois Antonin qui m'observe. On dirait un petit homme, dans la chemise en denim que je lui ai achetée. Il est sorti de sa chambre et ne comprend pas pourquoi je suis K.-O.

— C'est toi qui perds tout le temps… La plus forte, c'est maman !

« Ce n'est qu'un jeu », j'articule en bavant du sang. Son regard médusé en dit long sur sa déception. J'ai honte de ne pas être Iron Man, honte d'être sur le carreau. Toujours la honte. Comment lui dire que je ne suis pas un faible ? Comment lui expliquer qu'il ne devra jamais accepter cette situation ?

Je me redresse péniblement tandis que tu me hurles dessus. Je te rends folle, c'est ma faute si tu es comme ça. Faut que je plie bagage, que je me casse. Je pose un doigt sur ma bouche ensanglantée et je te dis : « Chut ! » Antonin est là et il entend tout. Nous ne sommes pas obligés de l'entraîner avec nous. Laissons-lui encore sa part d'innocence.

Tu larmoies dans la cuisine, entre une poêle au sol et du poisson pané qui décongèle sur la table. Je ne te tourne plus le dos, de peur que tu me poignardes. Je recule à petits pas, du sang collé à mon sweat-shirt. Tu me pousses à partir vite, alors je m'en vais sans faire de bruit, sans dire au revoir au petit. Si le juge aux affaires familiales tranche en ma faveur, tu ne pourras rien faire contre une décision de justice. Parce qu'il y a autre chose que tu ne veux pas entendre : ton fils me saute dans les bras quand il sort de l'école. Cet amour angélique et immuable, Marylène, ça te dépasse.

37

— Oh là là ! Vous avez de la chance, vous avez échappé de justesse à l'opération.

L'infirmière se penche sur mon nez et vérifie les tampons de compresse. Quand elle m'a accompagné dans la salle de radiologie, je l'ai reconnue à sa forte poitrine et à son parfum de fleur d'oranger. C'est elle qui s'était occupée de moi après mes points de suture à l'arcade sourcilière. C'est une nymphe exilée d'un verger fabuleux pour veiller sur les souffrants. Elle panse le visage des grands barbus timides et des machos blessés. J'aime lui rendre visite sur ce divan d'examen, même si j'en prends trop l'habitude. Elle ne me reconnaît pas, tellement sont nombreux les gens qui défilent aux urgences. Ou tellement je suis défiguré. Elle me garantit que l'œdème va se résorber d'ici quelques jours, en revanche j'aurai de sacrés coquards.

— Rassurez-vous, votre nez sera bientôt comme neuf.

Elle applique une bande adhésive autour de ma cloison nasale. Cette grande consolatrice des éclopés, au geste prévenant et à l'humeur joyeuse, fait passer le malheur avec légèreté.

— Vous êtes un peu casse-cou, non ?

— Pas vraiment…

— Comment vous vous êtes fait mal ?

Je cherche le prétexte habituel : un coup de genou au rugby ou une chute à scooter. Mes pensées s'emmêlent et ne trouvent plus d'intérêt à la fabrication d'un mensonge. Il me ferait croire que mon calvaire n'a pas existé, que ma dignité n'est pas fissurée. Être frappé n'est pas le pire, Marylène. Le pire, c'est le regard de ton fils quand il m'a vu au sol, gisant comme un boxeur éliminé. J'aurais pu être un papa indestructible, mais tu m'as aplati.

L'infirmière veut tout savoir, alors je lui dis la vérité, celle qui libère une meute de ricaneurs.

— Ma femme m'a frappé avec une poêle.

Elle ne feint pas l'étonnement. Elle pouffe.

— Ha ha ! Elle est bien bonne, celle-là !

Ses seins ballottent dans sa blouse quand elle rit. Je trouve ça beau.

— Vous êtes le roi de la blague, vous !

— Il paraît…

Elle ne prend pas mon histoire au sérieux. J'ai la gueule d'un mec qui court derrière les bus et qui rate ses freinages. L'infirmière se fend la pêche. Jusqu'à mon départ, elle reste incrédule.

— Je précise que c'était une poêle en acier inoxydable.

— Ha ha ! C'est la meilleure de l'année !

En sortant de l'hôpital, je n'avais pas la folle intention de retourner chez moi. J'aurais pu me réfugier chez mes frères, dans les Yvelines, mais l'idée de partager la chambre de mes neveux et nièces est tellement régressive. J'ai préféré prendre le métro pour aller chez Alban et Sidonie, au moins une nuit ou deux.

Mon pote du rugby ne me reconnaît pas lorsqu'il ouvre la porte.

— Oh punaise, gros ! Qu'est-ce qui t'est arrivé ?

— Tu ne me croiras jamais.

Sidonie accourt et me fait des yeux de lapin pris dans les phares d'une voiture. Son tablier de cuisine est maculé de taches de gras. Elle m'annonce que le rôti de bœuf est prêt, au cas où je souhaiterais dîner. Après avoir passé la journée à l'hôpital, ce repas improvisé n'est pas de refus. Elle m'invite à entrer sans bruit car le bébé dort.

Ils me font asseoir à leur table, me mettent un oreiller dans le dos et un verre de vin dans la main. J'ai l'impression d'être leur frère rentré de la guerre après avoir survécu à l'explosion d'une grenade. La vérité n'est pas très éloignée. Ils se posent mille questions à mon sujet, alors inutile de ménager un suspense insoutenable. Je lâche prise et raconte mon calvaire de ces derniers mois : tes reproches concernant mes soirées au rugby, tes sautes d'humeur que tu ne retenais jamais, mes amis qui n'étaient pas les bienvenus à la maison. À mille lieues d'imaginer la suite, Sidonie balance :

— Elle est gentille, Marylène, mais qu'est-ce qu'elle est snob !

Ils comprennent que tu es le nœud du problème et j'aimerais qu'ils flairent le dénouement, mais ni l'un ni l'autre n'osent me couper la parole. Alors je prends une gorgée de vin pour me donner du courage, et je déverse mon malheur comme dans une émission de télé, quand l'invité blafard témoigne face caméra.

— Marylène se défoule sur moi.

Puisqu'ils ne saisissent pas mes propos, j'apporte des précisions :

— Elle me tape… depuis des mois.

Il y a un bref silence devant les tranches de rôti de bœuf. Ma déclaration a créé son effet de surprise.

— C'est une blague ?

— Non. Et quand elle y va franchement, ça fait mal.

— On parle bien de ta meuf ? La blonde bien roulée ?

Ils reposent leurs couverts, attentifs et éberlués. Mon histoire les intéresse autant qu'elle les choque. Je leur avoue avoir pris la fuite avant de provoquer un carnage. Si je m'étais défendu, je serais devenu un homme violent. Certains ne se gênent pas, moi je me l'interdis. Comment arrive-t-on à dormir tranquille après avoir battu une femme ? Et comment toi, Marylène, as-tu pu trouver le sommeil après m'avoir envoyé à l'hôpital ? Alban ne réalise pas que tu t'es emportée aussi durement, de jour comme de nuit.

— On dirait que l'équipe des All Blacks t'a mis la misère.

— Non, c'est Marylène qui m'a frappé avec une poêle.

Il remplit mon verre de rosé.

— Putain, gros, tu vas me faire chialer…

Il est désolé que ce fléau s'abatte sur moi. La peste bubonique ou la variole seraient moins fâcheuses.

— J'ai lu un article dans *L'Obs* ! dit-il en me tendant le plat de pommes grenailles. T'es pas un cas isolé, mon vieux.

Il regrette que je sois resté silencieux, sans me confier à lui, même l'autre soir dans ce boui-boui où personne ne nous écoutait. On a la frousse d'en parler, la peur d'être méprisé. Les hommes battus ne sont pas légion, mais il est fort possible que d'autres copains du rugby se cachent dans les toilettes du stade pour pleurer. Alban se lamente que nous soyons des mecs arrogants et frimeurs, gouvernés par leurs bijoux de famille, trop fiers pour admettre qu'ils s'agenouillent devant leurs femmes. Il se met la main au paquet en mâchant ses pommes grenailles.

— Tout le problème est là, gros !

Puis il lève son verre à l'amitié, aux petits cœurs fragiles des hommes, aux émotions qui les turlupinent, à leur part de sensibilité féminine.

J'ai l'impression qu'il est déjà saoul.

Mon ami est prêt à m'épauler, il n'est ni moqueur ni embarrassé. En fin de compte, les seuls freins qui m'ont empêché de parler sont ceux que je me suis imposés. Je me détends et je cicatrise, alors que les questions fusent sur ton comportement, ta façon de me parler, la genèse de la première gifle. Au départ, c'était juste une claque, sous le coup d'une impulsion démesurée, puis c'est devenu une sale habitude. Combien en ai-je reçu ? Je ne sais plus. Tu pouvais être charmeuse, pleine de douceur, et nourrir en ton sein un être dur et cassant.

Alban me sert la dernière goutte de vin et Sidonie apporte une salade de cresson.

— Dis donc, Jean-Mi, t'as porté plainte ?

Je dis non, les yeux baissés, en essuyant mon assiette avec du pain. Il m'est difficile d'aller au commissariat, car au-delà du jugement des autres policiers, je porte tort à Antonin. Je risque de briser son monde en te faisant retirer la garde. Tu es une bonne mère, prudente et affectueuse, il t'aime, ce petit, et il te sert d'alibi pour masquer tes excès de violence. Tu me ferais passer pour un odieux fabulateur et la machine judiciaire se retournerait contre moi.

— Pauvre Jean-Mi…

Sidonie s'apitoie sur mon sort en débarrassant la table. C'est exactement ce que je ne voulais pas entendre. Aussi bienveillante soit-elle, ce débordement de compassion est accablant, me ramenant à l'état de victime. Je ne veux pas être un triste pantin balafré, qui se réfugie sur un banc de la gare d'Austerlitz car il ne sait pas où aller. Histoire de détendre l'atmosphère, Alban me propose une activité qui réveille les hormones mâles.

— Et si on jouait à Fifa ? J'te mets trois buts dans la face !

Il m'embringue dans une partie de foot mais sa femme apprécie moyennement. Elle l'interpelle en empilant les assiettes sales. S'il ose allumer la télé, ça va mal se passer. Elle ne compte pas se taper la vaisselle toute seule. Mis au pas, Alban la suit à la cuisine. Elle lui rappelle que ma présence n'est pas un prétexte suffisant pour se défiler. Il se tourne vers moi, visiblement confus. Sidonie lui signale que la lessive est terminée, ce serait bien qu'il étende le linge également.

— Déconne pas ! Jean-Mi est là !

— Ah ! Ne commence pas…

Elle lui reproche de passer trop de temps sur les jeux vidéo, pendant qu'elle se tape le boulot, le ménage, la cuisine, le bébé. Elle bosse dur à temps plein dans le monde impitoyable du Crédit Mutuel. Non mais qu'est-ce qu'il croit ! Elle aussi a besoin de détente et de se changer les idées. Je réalise que tous les couples se querellent autour des tâches ménagères, pour autant Sidonie ne frappe pas Alban. Il rince les assiettes à l'eau chaude, les mains gantées de caoutchouc rose. Elle s'excuse auprès de moi, espérant que mes histoires s'arrangeront, mais il faut bien que son mari comprenne qu'elle n'est pas sa mère. Elle a déjà un enfant à la maison, elle n'en veut pas deux. Je la remercie pour le rôti de bœuf et les pommes grenailles, m'excuse d'être venu à l'improviste. Je fais signe à Alban que je passerai une prochaine fois pour une partie de Fifa.

— Non mais attends, gros, tu dors où ce soir ?

— T'inquiète pas, je vais me débrouiller…

À la nuit tombée, je traverse la banlieue de mon enfance. Ma solution de repli est de retourner chez ma mère. À trente-cinq ans, l'échec amoureux implique de revenir à la case départ, là où on mange des œufs mimosa.

J'espère qu'elle n'est pas couchée. Mon nez gonflé me donne l'air d'un dealer de crack ou d'un dépeceur de dames âgées. Si un fourgon de flics passe par là, ils m'embarquent. Les volets de la maison sont encore ouverts. Une lumière d'écran jaillit de la fenêtre. Les enquêtes de la police scientifique de Miami n'ont plus de secrets pour ma mère. Je sonne trois fois pour qu'elle m'entende.

— Maman, c'est Jean-Mi ! N'aie pas peur, ouvre-moi.

Elle est effarée de me trouver sur le pas de sa porte, avec ce bandage sur la figure.

— Mon Mimi ! Mais qu'est-ce que t'as encore fait ?

Je débloque les freins, j'enfonce le clou. Il n'y a plus d'endroit où se cacher ni de boniment à raconter. C'est un retour à l'enfance, l'attachement qui se reforme entre elle et moi. À quoi bon mentir à maman ? Si je m'impose à la maison, autant lui avouer la vérité.

— C'est Marylène qui m'a frappé.

— Ah bon ? Tu as dû sacrément la mettre en rogne !

— Je peux dormir ici ce soir ?

— Bien sûr ! Tu as dîné ? Il me reste du blanc de dinde et des œufs mimosa…

38

Je me réveille dans un lit d'une personne et demie, contre un mur recouvert d'une affiche de *Star Wars*. Une décoration personnelle inchangée depuis mes douze ans, qui a traversé les décennies sans se décoller.

La nuit porte conseil et, à la lueur de l'aurore, je sais qu'il faudrait retourner à l'appartement pour récupérer mes affaires. J'irai en pleine journée, quand tu travailleras à la maison d'édition. Mon nom est encore sur le contrat de bail, tu ne prendras pas le risque de changer les serrures tout de suite. En attendant, ma mère m'a encouragé à rester à la maison. C'est une proposition adorable mais qui a la couleur de la déprime. Voir ses pieds dépasser du lit, dépoussiérer les lustres et suivre des feuilletons brésiliens, c'est au-dessus de mes limites.

Je bois du café dans un bol breton au nom de Jean-Michel. Ma mère me rejoint à la salle à manger, élégante dans son tailleur gris, les cheveux attachés, ses oreilles ornées de perles de Tahiti.

— Tu as bien dormi, mon Mimi ?

— Bof. Et toi ?

— Moi non plus.

Je suis dans l'acceptation stoïque de la situation : chômeur et sans domicile, peinard en caleçon sur une chaise en paille. Hier soir, elle voulait me prêter le pyjama de mon père pour m'éviter un rhume, mais je craignais d'en déchirer les coutures. Je suis plus costaud que lui à présent. Elle enveloppe des glaçons dans un torchon et le dépose sur mon nez. L'œdème a légèrement dégonflé et des coquards se sont formés sous mes yeux. Maman a récupéré chez elle un boxeur poids lourd terrassé par une boxeuse poids plume.

Elle a la douceur des jours où ça n'allait pas, quand je rentrais de l'école avec le bras en écharpe ou sans tableau d'honneur, et elle sent le même parfum qui me transporte vers un jardin de pivoines. Chose inhabituelle, elle n'allume pas la radio pour écouter les informations du matin. Elle a gardé sur le cœur celles entendues hier soir jusqu'à minuit passé. J'ai encore raconté mon histoire, un long témoignage déplaisant où les souvenirs se sont entrecoupés de silence. Et puis tes mensonges, Marylène, tes mystères épineux, ta mère toujours vivante à Noisy-le-Sec. J'ai évoqué la honte de ne plus me sentir un homme, un spécimen de mâle dominant, le sentiment que cette idéologie repose sur un château de cartes. Ma mère m'a épargné des mimiques dénigrantes. Elle était sous le choc que ce fait divers se déroule chez son fils, et non dans une cité malfamée ou une ferme. Elle envisageait qu'une femme devienne violente à force de conduire un tracteur et de vider des bouteilles de Marie Brizard. J'ai remonté le cours de mon histoire jusqu'à la première gifle. Au départ, c'était juste une claque.

Assise en face de moi, ma mère me remercie d'avoir préparé du café. Nos regards se croisent entre deux gorgées. Elle est pensive, suspendue à ses secrets. Son doigt gratte la toile cirée, décape le vernis. Et soudain, elle me dit :

— Moi aussi, ça m'est arrivé.

— Quoi ? Tu battais papa ?

— Non ! C'est lui qui m'a giflée.

Les yeux pleins d'effroi, je repose le bol avant de le renverser. Quand cela s'est-il produit ? Où étions-nous, mes frères et moi ? Pourquoi ne l'avons-nous jamais su ?

— C'était il y a longtemps… Et tu as tout vu, tu étais caché sous la table.

— Tu es sûre que c'était moi ?

— M'enfin, qui d'autre, mon Mimi ?

Elle remonte aux années 1980, un mercredi après-midi humide et venteux. Jean-Bernard et Jean-Luc roulaient des mécaniques sur leurs mobylettes tandis que je jouais aux Playmobil sous la table de la cuisine. Une dispute avait dégénéré entre mes parents, à tel point que mon père avait mis une rouste à ma mère.

— À propos de quoi ?

— Je ne sais plus ! C'est vieux, tout ça…

Il était reparti honteux, elle s'était mise à pleurer. Alors j'étais sorti de ma cachette pour lui faire un bisou, apaiser sa joue, essuyer ses larmes avec les manches de ma marinière. Elle était désolée que j'assiste à cette scène, il ne fallait en parler à personne. Ne rien dire à Jean-Bernard et Jean-Luc. Elle m'avait fait promettre que ça resterait un secret. Et puis elle avait fait un gâteau au yaourt pour l'heure du goûter. Le souvenir se termine ainsi.

— Pourquoi je ne m'en souviens pas ?

— Il valait mieux oublier tout de suite.

— Et papa te battait souvent ?

— Non ! Manquerait plus que ça ! Sinon, je l'aurais quitté. Je vous aurais emmenés, tes frères et toi, et je me serais installée comme infirmière libérale. Crois-moi, il n'était pas fier après ça ! J'en ai eu, des bouquets de fleurs, des glaïeuls et des bégonias. On aurait dit Miss France à la maison.

— Maman, pourquoi papa t'a giflée ?

— Oh, tu le connais ! Il était de mauvais poil parfois.

Mon père, ce saligaud. Injurieux. Humiliant. Si je remonte dans ma mémoire, j'entends le grognement de sa voix, la déflagration d'une gifle, le carrelage tremblait sous le poids de ses rangers, ma mère chantonnait dans la cuisine pour effacer sa tristesse. Elle cassait des œufs et se forçait à sourire. Elle reprenait le contrôle de sa vie en faisant de la pâtisserie. Les souvenirs sont brouillés, les impressions diffuses. Caché sous la table, ce spectacle avait dû me traumatiser, tellement il était abominable et révoltant.

Je termine mon bol de café, secoué par l'envie de rendre visite à mon père et de lui causer d'homme à homme. Il ne parle plus mais il entend encore.

— Maman, et si on allait voir papa ?

— Tu rigoles ou quoi ? C'est l'heure de mon feuilleton. Gustavo et Fabiola se sont mariés, mais Gustavo a découvert que Fabiola était un homme autrefois. Je ne veux pas louper ça.

— Effectivement, ce serait dommage…

Elle s'installe dans le fauteuil crapaud, prête pour le grand voyage, captivée par les Cariocas qui changent de sexe et se trompent à tire-larigot. La vie là-bas est plus passionnante qu'à Asnières.

J'ai marché tranquillement vers la maison de retraite, en inspirant les senteurs de jasmin et de laurier pour rééduquer mon nez. Le hall de l'établissement exhale un mélange de désodorisant à la lavande et de relents de couche-culotte sale. Compte tenu de ce qui m'arrive, je me raccroche au bonheur de ne pas avoir perdu le sens de l'odorat. Un vieux monsieur dort dans un fauteuil roulant, la tête penchée en avant. À côté de lui, un groupe de mamies s'adonne à une partie de Scrabble. La chambre de mon père est au bout du couloir. Le personnel soignant laisse toujours la porte ouverte pour jeter un coup d'œil facilement. Ils ne sont pas optimistes à son sujet mais ils éludent systématiquement la question. « Ah, vous allez voir votre papa ? Il a bonne mine aujourd'hui. »

Étendu sur le lit, les yeux ouverts, le drap remonté jusqu'au menton, il fixe le plafond. Sa bouche est molle et desséchée, ses bras chétifs et veineux. Je l'observe en laissant défiler des images de mon enfance : un pipi au lit, son doigt pointé sur moi, des cheveux tirés, des joues claquées, et ma mère qui reste aimante et dévouée. C'est la première fois que je viens seul car j'ai toujours eu l'impression que mes visites ne lui sont pas indispensables. Je m'approche pour lui prendre la main. Les infirmiers disent qu'il est important de le masser pour le maintenir en vie, alors je commence par les doigts. Mon pauvre papa ne craint pas de mourir mais de rester dans cet état végétatif. Il ne supporte pas la léthargie et la dépendance, manger de la purée et se chier dessus. Je prolonge le contact en massant la paume de sa main. Je lui parle tout bas. Nul besoin de crier.

— Maman m'a raconté que tu l'avais giflée. Elle en a même pleuré. Tu te rends compte de ce que tu as fait ? C'est bizarre, ça ne m'étonne pas de toi. Tu sais, papa, je t'en veux de ta froideur et de ta sévérité, mais frapper maman, c'est intolérable...

Je distingue une étincelle de panique dans son regard.

— Ne fais pas cette tête, j'ai tout vu ! J'étais caché sous la table. Maman dit que tu pouvais être un sale bonhomme, je dirais même un gros con. Apparemment, Jean-Bernard et Jean-Luc ne sont pas au courant. Elle t'a pardonné mais je ne crois pas que j'y arriverai. On a toujours le choix avant de passer à l'acte. Mais rassure-toi, si je suis venu ce matin, ce n'est pas pour te sermonner mais pour te remercier. Tu as tellement dû m'écœurer en battant maman que je suis incapable de te ressembler, incapable de frapper une femme. Désolé d'avoir déçu tes espoirs en trouvant une autre voie que l'armée, mais je suis bien content de ne pas être ta copie conforme. Tu es mon remède contre la lâcheté. Parce qu'il faut que je t'avoue un truc, papa... Tu te souviens de Marylène ? Plutôt jolie et cultivée. Figure-toi qu'elle m'a frappé plusieurs fois. Elle m'a même envoyé deux fois aux urgences. Et j'ai fini par la quitter. En tout cas, je n'ai jamais levé la main sur elle. J'aurais pu me défendre, c'est vrai, mais il en faut de la bravoure pour endurer les coups d'une femme et refuser de les rendre. Ce n'est pas de la faiblesse mais un principe, une valeur, un sens moral. Et finalement, c'est grâce à toi. Alors merci, papa.

Je lâche sa main, qui retombe sur le drap. Il me semble voir une larme couler dans le sillon d'une ride. Une goutte d'eau intrépide, chargée de remords. Un ancien militaire de sa trempe n'affiche pas une once de sentiment, pourtant on dirait que papa demande pardon. Je me penche vers lui pour l'embrasser sur le front. Sans m'en rendre compte, ce dernier geste affectueux est ma façon de lui dire au revoir.

Entre mon départ et l'heure de la soupe, mon père est mort.

39

L'enterrement de mon père était à son image : austère et dénué d'émotion. Quelques amis sont venus, des voisins aussi. Un colonel en uniforme placé sous ses ordres à une époque nous a rappelé combien papa était coriace, d'une autorité exemplaire. Mes frères ont tourné le dos à cette déclaration. Le prêtre a cité des passages de l'Évangile sur un ton monocorde. J'ai surpris une de mes belles-sœurs en train de se taper une sieste réparatrice sur le banc de l'église, et un de mes neveux de se curer le nez.

Au cimetière, les porteurs ont déposé le cercueil de mon père dans un caveau spartiate. Pas de fioritures, rien de tape-à-l'œil, papa n'aimait pas ça. Ni mes frères ni moi n'avons eu besoin de soutenir ma mère. Je guettais une perte d'équilibre, des cris de veuve éplorée. Bien au contraire, elle se tenait correctement debout, marchait droit, ne pleurait pas. Elle était soulagée que mon père soit au ciel. Les allers-retours à la maison de retraite, entre les odeurs d'éther et de soupe aux vermicelles, les espoirs d'amélioration tenus par un fil, ce n'était plus vivable. Nous attendions tous l'issue fatale depuis longtemps.

J'avais retrouvé Jean-Bernard et Jean-Luc lors de la mise en bière. Depuis quelque temps, ils ne passaient plus voir mon père. À quoi bon, disaient-ils en haussant les épaules, ce vieux nous a emmerdés toute sa vie. Ils n'étaient pas rongés par le deuil mais désolés de mes déboires conjugaux. Ma mère les avait prévenus au téléphone que je traversais une sale période, un licenciement, une rupture, et justement parlons de Marylène. Sa belle-fille n'était pas une femme bien comme il faut mais un vrai dragon. Elle regrettait de lui avoir tricoté une écharpe et montré comment réussir le pain perdu. Mes frères avaient été compatissants et sonneurs d'alerte, pendant que les agents des pompes funèbres allongeaient le corps de notre père.

— Ne minimise pas la violence, Jean-Mi ! Dépose une main courante. Empêche-la de recommencer avec toi ou un autre.

Jean-Bernard m'avait épargné ses blagues. Le temps du recueillement, il avait insisté en pointant vers le ciel un doigt vengeur :

— Ça va la stopper net !

Avec mes frères, on devrait se voir plus souvent, et ne pas attendre les grandes occasions. À la fermeture du cercueil, on s'est serrés dans les bras, et je crois que c'était la seconde fois. La première, c'était lors du mariage de Jean-Luc, après avoir vidé la bouteille de calvados entre deux plats.

Ma mère souhaite que l'on reste ensemble après l'enterrement. Elle nous a préparé des feuilletés à la viande et une salade de pommes de terre. Je dénoue ma cravate, déboutonne le col de ma chemise, et laisse ma famille rentrer sans moi. Un impératif me pousse à retourner au commissariat de Courbevoie. Il faut reprendre ce que je n'ai pas été capable de terminer la dernière fois, me présenter tel que l'on ne conçoit pas un homme au premier abord. C'est parce que certains se conduisent comme des barbares, harceleurs et violeurs, que je suis gêné de me positionner en victime, que je ne crois pas avoir droit à ce statut. Je me suis exclu du rang de ces salopards, et finalement, j'en suis plutôt fier.

J'emprunte le même chemin, passe le sas et la porte vitrée, retrouve le jeune policier imberbe et gringalet. Il est d'astreinte au guichet d'accueil.

— C'est pour quoi ? me demande-t-il de sa voix d'ado nouvellement pubère.

— Bonjour, c'est pour déposer une main courante.

Il me renvoie vers son collègue dans le bureau du fond, un gardien de la paix assez baraqué, au tatouage maori qui dépasse de la chemisette. Il m'invite à refermer la porte, à m'installer sur la chaise et à lui présenter une pièce d'identité.

— Alors, je vous écoute !

Je suppose qu'il en a entendu des histoires, tantôt anodines, tantôt bouleversantes. Je déverse la mienne, comme on jette un paquet de cigarettes à la poubelle en se répétant que c'est la dernière fois.

— Voilà... ça va déclencher la plus grande crise de fou rire de votre vie, mais... j'ai été frappé par ma femme.

Il n'a pas le souffle coupé. Il fait craquer ses doigts avant de rédiger ma doléance. Devant le clavier de son ordinateur, il démarre à haute voix sa dictée :

— Constatons que se présente à nous...

Il lève soudain les yeux vers moi.

— Monsieur, être une victime n'est pas honteux, sachez-le. La violence domestique est une façon d'affirmer son pouvoir sur l'autre. C'est souvent une affaire d'homme mais parfois la balle change de camp. Je vois bien que votre nez est amoché. Et puis c'est difficile d'avouer une chose pareille, non ? Alors, bien sûr je vous crois. Et je n'ai pas envie de rire. Ça s'est passé quand ?

— Souvent... D'abord je me suis pris une claque.

— Ça démarre toujours comme ça.

Si je viens en parler, ce n'est pas pour mettre en branle la machine judiciaire, mais dans l'espoir d'obtenir un droit de visite, un lien qui me rattache à Antonin. Le gardien de la paix me précise que seulement trois hommes sur cent osent déposer plainte suite aux violences subies. Certains sont venus dans son bureau en bleu de travail ou costume de banquier, des gars désespérés avec une dent cassée ou la cuisse tailladée, des sportifs avec des bras plus gros que les siens.

— Il faut avoir des couilles pour en parler, alors bravo !

Le gardien de la paix résume mon problème et celui qui taraude les hommes du monde entier : une affaire de couilles.

— Et si j'avais été une femme, vous m'auriez cru ?

— Euh... ben, oui... avec des bleus sur la figure.

— Parce que sans blessure apparente, vous ne croyez pas les femmes d'emblée ?

Il élude ma question et continue de pianoter sur son clavier.

Et je ne peux m'empêcher de penser à cette locataire frappée par son mari, à qui j'ai confié les clefs d'une studette, celle au visage transparent et aux mains diaphanes. A-t-elle retrouvé des couleurs ? Est-ce qu'elle a porté plainte ? Est-ce qu'on l'a entendue ? Parce que, pour un homme que l'on écoute dans ce bureau, comme moi aujourd'hui, combien de femmes sont accueillies, questionnées, puis soupçonnées de mentir, parfois priées de rentrer chez elles ?

40

Au bout d'une semaine passée chez ma mère, je suis en overdose de telenovelas brésiliennes. Chaque épisode la tient en haleine. Gustavo va-t-il pardonner à Fabiola ? Et Fabiola, aime-t-elle en secret Roberta ? Nous le saurons après une courte page de publicité. J'ai le choix de me pendre dans le jardin ou de m'oxygéner dans les rues d'Asnières.

J'ai laissé ma mère devant la télé et vadrouillé longtemps jusqu'à la porte de Paris, réfléchissant à mon avenir et comment rebondir sur le marché du travail. J'ai conscience de ne pas être un homme totalement libre, mais tributaire de Pôle emploi. Il faudrait préparer un nouveau CV et activer mon réseau. Devant le juge aux affaires familiales qui examinera mon statut de beau-père, je serai plus convaincant en activité que nonchalant en peignoir chez maman.

Arrivé dans notre quartier, je retrouve la grande avenue commerçante, le poissonnier, le fleuriste, et plus loin l'école d'Antonin. Il me manque, ce petit bonhomme. Je fais défiler des photos de lui sur mon téléphone, celles de notre journée à Disneyland. Me vient l'envie de lui faire une surprise et d'aller le chercher à la sortie des classes, de renouer nos liens et de nous donner de l'affection.

Dès que je préviens la voisine, je sens le malaise. Elle parle à mots hachés : tu lui as demandé de récupérer ton fils tous les soirs de la semaine. Elle pense que ce serait une erreur de m'en laisser la charge, puisque nous sommes séparés depuis quelques jours, il vaudrait mieux que je garde mes distances. Je lui promets de le ramener après un tour de poney au parc Monceau, tu ne te rendras compte de rien. La voisine me connaît suffisamment pour me faire confiance, elle sait combien je suis attaché à lui. Après quelques secondes d'hésitation, elle finit par céder.

Dès qu'il m'aperçoit, Antonin court vers moi, heureux de me retrouver là. Il y a eu du changement depuis mon départ, une dent est tombée et la petite souris est passée. « T'as vu ? T'as vu ? » Il faut que je regarde, là, entre l'incisive et la molaire. Il a le sourire d'un bandit des mauvais quartiers. La directrice de l'école, Mlle Jollet, le suit de près, avec des consignes strictes. Elle s'oppose fermement à ce que je l'emmène, oubliant que je suis venu le chercher tous les après-midi depuis trois ans. Pourquoi seraitce différent ?

— Allons, allons, mademoiselle Jollet, soyez sympa.

— Désolée mais non !

Mon nez a repris forme humaine, je suis moins effrayant, toutefois elle n'est pas sensible à mon charme. Je tente une moue boudeuse à la Marlon Brando, un froncement de sourcils à la James Dean. Rien ne semble la faire craquer. Heureusement qu'une bagarre a éclaté dans la cour de l'école. Des enfants se sont rués sur un ballon et s'écharpent pour le récupérer. À l'instant où la directrice se retourne, je prends Antonin par la main et nous partons en courant. J'ai agi avec le cœur, d'une spontanéité déconcertante, parce qu'il y a trois choses qui comblent de joie cet enfant : le poisson pané, *Star Wars*, les poneys. Et tant pis si Mlle Jollet ne le comprend pas. Tant pis si elle crie comme une vieille pie.

Nous reprenons nos habitudes là où nous les avons laissées. À la boulangerie, il achète son pain aux raisins en vérifiant la monnaie, puis nous nous asseyons sur un banc pour discuter entre hommes. Je lui explique pourquoi je me suis sauvé, pourquoi j'ai disparu de sa vie quelques jours. Dans le monde des adultes, quand on ne s'entend plus, quand on se dispute trop souvent, il vaut mieux s'en aller que de continuer à se déchirer. Certains prennent la voiture, un train, ou montent dans une montgolfière, et ils s'installent à l'autre bout de la France, même s'ils laissent des gens qu'ils aiment derrière eux.

— Maman, elle dit que t'es méchant.

Bravo, Marylène. Tu as accompli ton travail de sabotage.

— Et toi, bonhomme, qu'est-ce que tu en penses ? Tu crois que je suis méchant ?

Il fait non de la tête en croquant dans son pain aux raisins.

— Alors tu vois, maman a son propre avis, et toi Antonin, tu as le droit d'en avoir un différent.

— T'en avais marre de jouer à la bagarre ?

— Voilà...

Il secoue ses petites jambes dans le vide, détaché de ce monde où les rapports de force nous gangrènent. Je m'occuperai de lui comme de mon propre fils. On fera des balades à poney et des plongeons dans la piscine. C'est une question de semaines avant la médiation devant le juge. Le cœur plein d'espoir, je l'emmène vers l'entrée du parc, et dans la poche de mon jean vibre le téléphone. En bonne geôlière, la directrice de l'école a dû te prévenir que j'étais passé dans le coin. Forcément, tu es en train de péter une durite. J'ai eu la naïveté de croire que tu aurais la bonne grâce de nous laisser tranquilles. J'hésite à décrocher, à te snober un moment, mais je tiens à te rassurer. C'est juste une balade à poney. Il faut bien s'oxygéner avant d'apprendre les tables de multiplication.

— Où est-ce que tu es ? Qu'est-ce que tu fous ?

Voilà tes premiers mots crachés dans l'oreillette. Tes interrogations visent à dresser un réquisitoire. Je te prie de te calmer, de la mettre en sourdine. Bois un grand verre d'eau et inspire, Marylène. Nous faisons un tour au parc Monceau, ensuite je ramènerai le petit chez la voisine. Tu m'ordonnes de rentrer immédiatement. Une pointe d'ironie dans la voix, je t'informe que c'est impossible, le poney club nous attend.

— Accorde-moi juste une heure.

— Non ! Pas dans une heure, maintenant ! Sinon j'appelle les flics.

Le ton monte sévèrement. Je serre la main d'Antonin qui écoute notre énième dispute. Encore une fois, je dois marcher à la baguette et répondre à tes ordres. Mon affection pour lui, tu t'en tapes le slip. Puisque j'ai l'audace d'insister, tu m'envoies ton missile hypersonique.

— Je te rappelle que tu n'es pas son père ! Alors tu ne l'approches plus, c'est clair ?

— Merde, Marylène, sois cool !

— T'as enlevé mon fils !

Je ne sais pas quels termes employer te concernant : délire parano ou troubles compulsifs. Il s'agit peut-être de représailles, parce que j'ai fouillé dans tes affaires, ouvert le carton qui libère tes secrets. Tu exiges de parler au petit mais je refuse. Il mange son goûter. Le pain aux raisins, c'est sacré.

— Passe-le-moi, pauvre con !

— T'as pas autre chose à foutre que de me casser les burnes ?

— Ok, j'appelle la police !

Si tu fais ça, Marylène, je serai bon pour la garde à vue. Dans ton for intérieur, tu en rêves. Ce serait la meilleure façon de me punir d'avoir ouvert ton livret de famille. Tu n'as qu'un numéro à faire pour qu'un escadron de policiers intervienne au parc Monceau. La justice sera de ton côté puisque je n'ai aucun droit sur l'enfant. La directrice de l'école racontera au tribunal combien je suis roublard et saligaud. Le lendemain, j'aurai mon portrait dans le journal, comme celui des tueurs en série. Antonin m'observe et comprend que quelque chose ne va pas. Il reconnaît le ton de ma voix et entend mes grossièretés.

— Putain, Marylène, dis-moi ce que je dois faire pour que tu me foutes la paix ?

— Tu le sais très bien…

Tu laisses planer le mystère quelques secondes, pour mieux isoler ta sentence qui tombe comme un couperet.

— Annule ta demande.

Long silence. On perçoit des rires d'enfants au loin, presque étouffés. Tu ne m'as pas coupé la tête mais tu me tiens par les couilles. Je suis immobilisé sur la terre battue, incapable du moindre mouvement. J'ai le choix d'abandonner ma démarche juridique ou de finir derrière les barreaux. Dans les deux cas, je perds Antonin. Aucun juge aux affaires familiales ne m'accordera un droit d'hébergement si tu cries au rapt. Tu dresses entre nous une forêt de ronces. Je ne sais pas à qui j'en veux le plus, à toi d'être la reine des garces, ou à moi d'avoir tendu mon propre piège.

Le petit me demande si je vais bien. À la vue de mon regard plombé, il devine que nous jouons encore à la bagarre. Dans l'espoir de sauver la face, j'avance mon argument pour te déstabiliser.

— Je te signale que j'ai déposé une main courante pour violences conjugales.

— Qui te croira ? Je peux donner une autre version, si je veux. Que tu m'as frappée le premier, que c'était de l'autodéfense. En revanche, là, ça s'appelle un kidnapping.

— Pourquoi tu me fais ça ?

— Appelle ton avocate. Annule tout. Sinon, tu retournes au commissariat avec des menottes.

Je couve Antonin des yeux comme un trésor que je ne suis pas près de revoir. Nous aurions pu courir au grand air, manger une barbe à papa sans rien dire à maman. Les meilleurs projets tombent à l'eau. En le récupérant de force à l'école, j'ai scié la branche sur laquelle je m'étais assis. Aux yeux du public, je suis un kidnappeur, un gangster, un hors-la-loi. Tu continues de me menacer mais j'ai bien entendu. La force est féminine et elle m'a encore frappé. Tu as gagné, Marylène, pas la peine d'en rajouter. J'obtempère avant de croupir dans une cellule. Je me résigne à ramener ton fils chez la voisine dans dix minutes. Quand je dis « ton fils », j'ai conscience qu'il ne sera jamais le mien. Et ça me brûle la gorge. Ça me gratte le nez. Ça me pique les yeux.

Après avoir raccroché, je m'efforce de garder bonne figure. Accroupi devant le petit, je lui demande pardon. Pardon pour les poneys. Pardon parce que je me suis trompé, le club est fermé. Ce n'est pas possible, c'est la fin du monde, qu'est-ce qu'on va faire maintenant ?

Je lui promets qu'il y retournera bientôt, mais pas avec moi, avec maman. Et là, j'entends le « pourquoi ? » le plus douloureux de ma vie. Pourquoi, Jean-Mi ? Pourquoi pas toi ? Parce que je vais partir en voyage, bonhomme. Très loin, dans les pays chauds. Et c'est où, les pays chauds ? Je lui fais un dessin sur la terre battue, mais il ne comprend pas mon besoin d'exil. Encore un pourquoi insurmontable.

— Parce que j'ai envie de nager dans l'océan et de m'allonger sur le sable.

— Et moi, je peux venir avec toi ?

— Ben non, bonhomme, tu dois rester avec maman.

— Mais tu reviendras quand ?

— Je ne sais pas…

— Ça veut dire que je ne te reverrai pas ?

S'il pleure, je fonds. Encore un pourquoi, et c'est moi qui craque. Aucun point de suture ne réparera ma déchirure, aucun pansement ne recouvrira ma brûlure, aucune prothèse ne remplacera ce manque. J'espère revenir à temps, le jour où il décollera à bord d'une fusée. Tapi dans l'ombre d'une salle remplie d'ordinateurs, j'égrènerai le compte à rebours pour le voir s'envoler.

— Tu sais, bonhomme, maman t'aime fort.

— Avec qui je vais faire mes devoirs si tu t'en vas ?

— T'es grand ! T'es super doué ! Même qu'un jour tu iras sur la Lune.

— Et pour les histoires du soir ?

Il ne faut pas que j'entende ça. Il faut que je me bouche les oreilles. Je le serre très fort dans mes bras et il me colle des miettes de pain aux raisins dans le cou. La tête posée sur mon épaule, il ne demande plus rien. On se dit au revoir sans verser de larmes, parce que, c'est bien connu, les garçons, ça ne pleure pas. En tout cas, les miennes coulent à l'intérieur.

— Dis donc, bonhomme, tu sais que tu es chanceux ! Parce que je vais t'envoyer plein de cartes postales et de photos. Et tu pourras les montrer à tes copains à l'école. Des images de dauphins, d'oiseaux, de palmiers…

À l'oreille, il me confie des mots tendres, des mots dorés. Quelque chose de beau qui ne se répète pas. Quelque chose qui me laisse penser que je suis un formidable papa. Quelque chose que tu ne sauras jamais, Marylène, parce que c'est notre secret à lui et moi.

41

Je n'ai plus rien à perdre puisque tout est perdu. Aujourd'hui, je m'envole vers l'inconnu.

Mon passeport est dans la poche, mes vaccins à jour, la grande valise sur le perron. Je fais une bise à maman en la remerciant de m'avoir hébergé ces dernières semaines. Elle comprend que j'ai bientôt trente-six ans, la vie devant moi, une allergie aux telenovelas brésiliennes. Je n'allais pas rester un mois de plus à la maison. Mes frères lui rendent souvent visite. Ils tondent la pelouse, échangent avec elle quelques confidences autour d'un plat d'œufs mimosa. Nous nous retrouverons dans quelque temps, à la fin de mon périple. Je serai bronzé mais elle s'affolera certainement parce que j'aurai maigri. Devant le taxi, je devine ce qu'elle va me dire : « Prends soin de toi. Tu as de la crème solaire ? Essaie de revenir à Noël. »

La voiture démarre et maman disparaît au loin. On se fait un signe de la main jusqu'à ce que le chauffeur tourne sur l'avenue. Ma première destination ne sera pas l'aéroport mais la rive gauche. On ne naît pas homme d'action, on le devient, et j'ai une dernière chose à régler avant de monter dans l'avion.

Je roule vers toi, Marylène. Dans un souci de sceller notre rupture, tu m'as réclamé les clefs de l'appartement.

Je passe te les rendre en main propre. Tiens-toi prête, parce que moi je suis prêt.

Le café est situé en face de ta maison d'édition. Je l'ai choisi exprès pour te faciliter la tâche. Tu me rejoins d'une démarche souple et gracieuse. Ton pantalon rouge grenat épouse tes hanches. Tu as revêtu le chemisier couleur crème, au col orné de perles, qui te confère une prestance de reine. Tes cheveux sont relevés, dévoilant ton cou délicat, droit, présomptueux. Je me souviendrai toujours de toi dans cette tenue de Parisienne sophistiquée, qui affiche une confiance excessive. Tu es exigeante dans ta représentation. Tu ne ressembles pas à ces filles quittées, aux yeux cernés et aux cheveux gras, qui ne dorment plus, ne se lavent plus, et mangent des chips devant des séries télé. Tu avances vers moi, anguleuse, légère, sans laisser transparaître aucune émotion. Ni joie ni rage. Le masque social bien en place. On pourrait te croire inoffensive. Nous ne nous embrassons pas sur la joue comme de vieilles connaissances, nous gardons nos distances. Je ne m'encombre d'aucune politesse élémentaire, inutile de te remercier d'avoir accepté ce rendez-vous. J'essaie de deviner les larmes et les regrets derrière ta couche de fond de teint. Tu es satisfaite de me montrer à quel point tu vas bien, que tu n'as pas besoin d'un homme pour combler un vide affectif. Tu trouves que j'ai l'air en forme, puis, apercevant ma grande valise, tu me demandes si je pars en voyage.

— Je quitte la France.

— Tu quittes beaucoup de choses en ce moment.

— C'est une question de survie.

Tu ne réagis pas à ce qui me tourmente et me signifies que tu as seulement cinq minutes à m'accorder, l'équipe marketing t'attend en salle de réunion, ce n'est pas la morte saison dans l'édition, tu ne chômes pas, toi ! La discussion pourrait s'arrêter là. Il me suffirait de poser les clefs sur la table, de payer mon café et de m'en aller. Je préfère te regarder droit dans les yeux et ajouter :

— J'ai rencontré ta mère.

Tes sourcils se dressent, arqués comme deux accents circonflexes. Je te désarçonne de cette assurance que tu chevauches de manière imprudente. Je pousse le vice à localiser l'endroit, si jamais tu l'as oublié.

— Elle habite toujours à Noisy-le-Sec, au huitième étage. L'ascenseur était encore en panne.

Comme tu restes muette, j'en profite pour te décrire l'appartement dans lequel tu as grandi, histoire de te prouver que j'ai pénétré le lieu de ton enfance.

— À mon avis, la tapisserie du salon n'a pas changé, le canapé porte des marques de brûlures de cigarette, le robinet fuit et il y a des infiltrations d'eau dans le mur de la cuisine.

Je poursuis en te faisant culpabiliser d'être une fille égoïste et ingrate.

— Ta mère ne cache pas sa solitude. Elle boit beaucoup. Elle fume trop aussi. Elle n'a pas demandé de tes nouvelles par fierté, je pense, mais elle voulait savoir si tu avais eu des enfants depuis tout ce temps. Ça lui a fait plaisir d'apprendre qu'elle était grand-mère. Je lui ai envoyé une photo d'Antonin. C'est la seule chose qui lui redonne le sourire.

J'ai cru que tu taperais des deux mains sur la table et que tu renverserais mon café. Je n'aurais jamais dû mener l'enquête et chercher au-delà de ce que tu me racontais. Les yeux fermés, tu gardes une contenance parfaite. Tes mâchoires se crispent, elles retiennent ta haine. Les choses échappent à ton contrôle, même dissimulées au fond d'une boîte en carton. Tu croyais ensevelir ton passé sans qu'il remonte jamais à la surface. Tôt ou tard, Antonin aurait découvert la vérité lui aussi, en cherchant son acte de naissance, pour entrer dans une grande école, une ONG, ou à la NASA.

Qu'est-ce que tu crois, Marylène ? Qu'on peut indéfiniment faire table rase de ce qui nous dérange ?

Tu demeures d'un calme olympien. Tu ne me reproches rien, quand bien même j'ai fouillé dans tes affaires. Un serveur s'arrête à notre table et te demande ce que tu souhaites boire, mais ce n'est surtout pas le moment de t'importuner avec des questions superflues. Tu lui réponds que tu ne veux rien, tu passes en coup de vent. La pupille injectée de sang, tu es sur le point de m'étriper. Je suis l'homme à abattre dès lors que j'en sais trop. Ton souffle se bloque, tu en oublies de respirer. Puis tes yeux frémissent et retiennent les cris d'une petite fille mal aimée.

— Qu'est-ce qu'elle t'a raconté, ma mère ?

— Tout. Absolument tout.

— Ça, c'est ce que tu crois !

Je ne crois rien, sauf en ton comportement déviant, et il n'est pas issu de l'hérédité ni d'une quelconque malédiction. Dans ta cité de Seine-Saint-Denis, entre les blocs de HLM et les balles perdues, la vie t'a appris que la meilleure défense, c'est l'attaque. Une mère dépressive et un père inconnu n'ont rien arrangé. Ton enfance de bourgeoise gâtée à La Rochelle n'est qu'une affabulation pour étouffer tes complexes et tes frustrations.

Tu vois, Marylène, je ne parviens pas à t'excuser mais j'arrive à te comprendre, à te trouver des circonstances atténuantes. Mes amis me jugeraient trop bon, trop con, parce que je fais la démarche de venir vers toi, de te rendre les clefs, et de t'écouter encore.

— Ma mère, je l'appelais Christine, mais aujourd'hui je ne l'appelle plus. Elle n'a plus de prénom, aucun intérêt. Toute mon enfance, elle m'a reproché d'avoir gâché sa vie, comme si c'était ma faute. Je n'ai pas demandé à venir au monde ! Tu sais ce que c'est d'être une fille et de grandir là-bas ? De te faire peloter à un arrêt de bus ? D'être tirée par les cheveux et traitée de pute ? C'est la loi de la jungle. Faut s'armer jusqu'aux dents pour survivre, sinon on t'écrase et tu crèves dans un terrain vague. J'habitais dans un taudis, tout était petit et sale. Et Christine buvait comme un trou, elle sentait la piquette. Elle me dégoûtait. Je n'invitais jamais mes copines tellement elle me faisait honte. Je rêvais d'une autre vie, d'un pavillon, de frères et sœurs, de vacances aux sports d'hiver. Et l'été ? Tu sais ce que c'est de passer le mois d'août dans une cité ? De regarder les lumières de Paris à travers la fenêtre de la cuisine ? Le pire, c'est qu'elle n'a jamais voulu me dire qui était mon père. Elle refusait d'en parler, même quand elle était bourrée. Je l'ai vue dégueuler plusieurs fois mais elle n'a jamais craché le morceau. Et lui, il m'a dénigrée. Il n'a jamais cherché à me connaître. Ni une lettre, ni un coup de fil à mon anniversaire. Il ne vaut pas mieux qu'elle. Alors, désolée d'avoir tiré un trait sur ce passé et imaginé autre chose.

J'avais besoin de respirer, c'était une question de survie pour moi aussi. À force d'arranger la vérité, j'ai fini par y croire. Et je me suis juré de ne jamais infliger cette misère à mon enfant, de ne jamais l'abandonner ni de le livrer à lui-même. Je l'aime, mon fils. Je lui donne tout...

Ce que je comprends, Marylène, c'est que tu as orchestré ma fuite pour donner raison à tes névroses. À présent, tu retrouves ce lien unique et inconditionnel qui te relie à ton fils. Tu es la mère et le père réunis en une seule personne, un être hybride, fiable, extraordinaire. Je doute que tu sois heureuse. Un jour peut-être, tu sauras baisser ta garde, tant pis si je ne suis plus là. Toutes les histoires ne finissent pas mal. En tout cas, je n'ai pas perdu ma capacité à le croire.

En te rendant les clefs, je saisis ta main et la serre fort, comme le brin d'herbe de la dernière chance, celui auquel on s'accroche quand on a roulé par terre et qu'on est suspendu à une falaise. D'un geste brusque, tu te dégages de ma poigne. Le barman derrière son comptoir lève les yeux vers nous. Nous nous faisons face comme des amoureux dépités sur le quai d'une gare, qui ne savent pas comment se dire adieu. Les mots n'ont pas de consistance, ils seraient maladroits et usurpés, tirés d'un mauvais film en noir et blanc. J'essaie de me souvenir de la dernière fois où nous nous sommes enlacés, où tes bras sont venus me chercher, peut-être pour ne retenir que les jolies choses entre nous. Tu te lèves en faisant crisser la chaise, et tu repars avec la même démarche souple.

Je te pardonne, Marylène. Je te pardonne parce que avec ton fils, je sais que tu es capable d'accomplir des merveilles. Je te pardonne parce que je mérite la paix.

42

Quelque part au large de la côte africaine. Ici, on dit : le cœur de l'homme n'est pas de pierre mais de résine.

Le silence de la nuit fait place au chant mélodieux des oiseaux. Le plus matinal est un passereau au plumage roux et à l'œil entouré de turquoise. Un gobe-mouches de paradis, m'a appris Célestin. En tirant le rideau, je suis ébloui par la vallée où s'étendent des champs de caféiers. Le vent tiède s'engouffre dans ma chambre et me caresse les flancs. Encore un jour où l'esplanade de la Défense ne va pas me manquer.

Depuis la terrasse en contrebas, Célestin me fait signe de venir boire le café. Sa femme a préparé des beignets de banane, croustillants et fondants. Elle a remarqué combien je les aime. Je me douche à l'eau froide, puis j'enfile une chemisette et un pantalon en toile, avant de descendre l'escalier en bois. Tous les beignets sont pour moi, Célestin préfère tremper des petits-beurre dans son café. C'est lui qui est venu me chercher à l'aéroport, patientant à la sortie avec une ardoise marquée « Jean-Mi ». Il avait les mains calleuses, comme celles des ouvriers du bâtiment ou des travailleurs agricoles, et il me souriait avec les dents du bonheur. « Nous te souhaitons la bonne arrivée à Madagascar ! » Nous, c'était lui et tous les habitants de l'île.

Dans sa fourgonnette, nous avons traversé Antananarivo, slalomant entre les charrettes, pousse-pousse et vieilles Citroën. Par la fenêtre, je contemplais les couleurs vives des maisons en brique, les logements d'appoint en tôle et la végétation sèche. La fourgonnette n'était pas confortable, mais pratique et robuste. J'ai pu en garantir la fiabilité quand elle s'est engagée sur une piste cabossée. La ville s'étendait derrière nous, abritée sous des nuages lourds.

Le vert des plaines rizicoles côtoyait le brun des terres labourées. À un carrefour, un zébu somnolait dans un champ, au pied d'une colline en pente douce. Je l'ai pris en photo pour ne jamais oublier les premières images. « J'espère que tu vas te plaire parmi nous », m'a dit Célestin. Je n'en doutais pas un instant.

L'autre choc, ce fut l'accueil à l'orphelinat. Quand je suis descendu de la fourgonnette, des dizaines d'enfants se sont regroupés autour de moi, curieux de voir le Français qui venait travailler chez eux. Ils connaissaient tous les joueurs de foot et voulaient savoir si j'avais assisté à un match au Stade de France. J'ai pris le plus petit dans mes bras, celui qui était perdu au milieu du groupe et craignait que je ne le remarque pas. Il avait la bouille d'Antonin, ces grands yeux qui absorbent le monde, cette timidité qui dissimule un tempérament de vainqueur. Je lui ai demandé :

— Comment tu t'appelles, toi ?

Il me fixait sans répondre. Les autres enfants riaient car c'était inutile d'insister.

— Il t'entend mais il ne parle pas, m'a dit sœur Solange en venant à ma rencontre.

Elle portait une robe beige en coton léger, ses baskets à coussin d'air amortisseur, son foulard blanc autour des cheveux. Nous étions heureux de nous retrouver à des milliers de kilomètres de la France. Elle m'avait dit que le plus grand danger de la vie, c'est de ne rien risquer du tout. Sans risque, on ne s'aventure nulle part, on n'éprouve rien, on n'est pas vivant. Alors, sur un coup de tête, j'avais décidé de rompre avec ma vie parisienne, de mettre à profit mon temps libre et de la rejoindre en mission humanitaire. Elle se réjouissait que j'intègre l'équipe du centre pour jeunes en difficulté. Dans le regard des enfants, j'ai vu combien ils chérissaient la bonne sœur. Elle est un pilier dans leur parcours, un symbole de sagesse et de paix. Et la sagesse, leur dit-elle, c'est le chemin de la connaissance de soi et des autres, nécessaire pour un avenir meilleur.

Je culpabilisais d'avoir laissé un enfant à Paris, c'est pourquoi je devais me consacrer pleinement aux autres, ceux qui ont perdu leurs parents et l'espoir. Des bénévoles leur dispensent déjà des cours d'école, alors sœur Solange m'a demandé : « Qu'est-ce que toi, Jean-Mi, tu peux faire pour nous aider ? » J'ai proposé de m'occuper de l'intendance, du bricolage divers, d'épauler Célestin dans son ouvrage quotidien. La nonne m'a confié la mission d'entretenir le potager. Elle m'a recommandé d'apprendre les techniques de semence et de culture en regardant sur YouTube. Équipé d'une bêche, d'une pelle et d'un arrosoir, j'ai aménagé un espace pour alimenter la cantine scolaire. Célestin m'a pris en photo avec mes bottes en caoutchouc pour l'envoyer à ma mère. Lui, sa femme, sœur Solange et les enfants sont devenus ma seconde famille, mon équipe de choc, mon clan.

Samedi, je compte aller plonger avec les dauphins au nord de l'île. On en voit accompagner les bateaux, sautant hors de l'eau, vrillant dans un ballet bien orchestré. Antonin adorerait assister à ce spectacle. Loin des yeux mais près du cœur, j'aurais tellement d'animaux à lui montrer, une nouvelle fenêtre sur le monde. L'autre jour, j'ai photographié un lémurien au pelage noir et blanc qui se cache dans les forêts humides. Je lui enverrai bientôt un courrier, une grande enveloppe remplie d'images aux couleurs de Madagascar, et une lettre qui commencera par : « Mon cher Antonin ». Un sifaka, m'a dit Célestin. Il connaît le nom de tous les animaux grâce à son frère, qui est garde forestier. Lui, il s'occupe du suivi des pontes des tortues à certaines saisons. Il arpente les plages pour signaler la présence de nids et les préserver du tourisme de masse. Il m'a suggéré d'aller lui rendre visite car je pourrai prendre d'autres photos là-bas. Sa famille serait ravie de m'accueillir à déjeuner. Avec un sourire canaille en coin, il ajoute même que sa sœur pourrait me plaire. Lui et sa femme ont entendu dire que j'étais célibataire et ne veulent pas que je reste seul. Comment leur dire que, dans ce village, je suis plus heureux qu'à Paris ? Ici, ma part de rêve est exaucée : je parcours le monde, je plante des arbres, et je me lève le matin sans comptes à rendre ni bleus à l'âme. Je me rends utile en offrant aux enfants un cadre sain, une chance de construire une existence pleine de possibilités. Comment leur dire que je m'épanouis davantage sous le soleil de Madagascar qu'en plein courant d'air à la Défense ?

Après avoir bu mon café, je remercie Célestin pour son hospitalité, et c'est avec grand plaisir que je rendrai visite à sa famille.

Comme tous les matins, avant d'installer les bols du petit déjeuner, je traverse le jardin. Sœur Solange me retrouve à côté du frangipanier qui exhale un parfum légèrement vanillé. Ensemble, nous avons un rituel face à la vallée. Nous imaginons que des racines poussent de nos orteils et s'agrippent au sol. Nous inspirons en levant les bras au ciel, comme des branches embellies de bourgeons gorgés de soleil. L'énergie nourrissante de la terre remonte le long de nos jambes, de notre ventre, jusqu'à nos mains qui étendent leurs ramures. Nous inspirons ce nouveau jour.

L'homme est un arbre, m'a dit sœur Solange, même s'il penche sous la tempête, il reste fort et droit. Je suis enraciné, vigoureux, imperturbable, souverain de mon existence, plus vivant que jamais.

Je deviens un arbre.

Cet ouvrage a été composé par IGS-CP
à L'Isle-d'Espagnac (16)
et achevé d'imprimer sur Roto-Page
par l'Imprimerie Floch, à Mayenne,
pour le compte de S.N. Éditions Anne Carrière,
57, rue Gaston-Tessier, 75019 Paris
en avril 2021.

Imprimé en France
Dépôt légal : mai 2021
N° d'édition : 1028 — N° d'impression : 98169